DU MÊME AUTEUR

Aux Éditions Gallimard

POUPÉES, *roman.*

ROSE BONBON

NICOLAS JONES-GORLIN

ROSE BONBON

roman

GALLIMARD

I

L'appel du loup

1

Tout a commencé quand j'ai repéré Dorothée.

Au ciné, je me suis assis dans mon fauteuil habituel, pas très loin de l'écran, au milieu de la rangée, celui qui me donne un super point de vue sur le reste de la salle, et l'impression d'être au centre.

Le mercredi, le jour des enfants.

Là, ils passaient *Blanche-Neige*.

J'adore regarder le visage des gosses quand elle croque la grosse pomme toute rouge, leur bouche en cercle, leurs yeux qui s'allument, le feu sur les joues.

D'habitude, je me case au fond de mon fauteuil, et je me mets à l'unisson de la salle, et les émotions des gosses me viennent par ondes successives, me pénètrent, me remplissent, une vague de chaleur qui s'insinue dans mon corps, et me submerge, et où je me noie doucement, progressivement. Je suis un mort à qui on donne une nouvelle vie. Une pile qu'on remplit. Voilà comment ça se passe d'habitude. Je suis même pas obligé de regarder ; parfois, leur seule présence, l'écho des voix, une odeur, ça me suffit.

Et puis, il y a eu Dorothée...

Je l'avais jamais vue, avant. La fille d'un type de l'usine, un ingénieur, c'est ce qu'ils ont dit au procès.

Dorothée Vernay.

Le film commence, je fais mon tour d'horizon. Dorothée est assise trois rangs plus haut, et quand mes yeux tombent sur elle : une bombe explose en moi. Une bombe pleine de pétales de rose qui retombent en pluie sur mon cœur.

Zoom sur son visage. Dorothée a neuf ans. Dix au plus. Sept, a dit le procureur au procès ; je n'en revenais pas : super précoce. Je la mange des yeux comme si son image avait toujours été gravée dans mes gènes. Sa photo dans mon ADN.

Ses cheveux... ? Niagara falls angora. Encre de Chine. Un trait de pinceau inca. Arabesques mayas. Elle a un corps en pointillé. Fluide. Sa bouche qui avale mon regard, sa bouche autour de laquelle je suis brusquement happé en orbite, impossible de m'en détacher. Et je me dis : j'aimerais bien être là, tout contre elle. Je m'en souviens encore, c'était la première fois que je pensais un truc pareil. Tout. Contre. Elle. Chaque mot, chaque syllabe gonflait ma queue.

Tout.

Contre.

Elle.

Au bout d'un moment, je devenais tellement dingue, je me suis levé, je suis sorti de la salle pour aller prendre l'air, j'étais en nage, j'avais le souffle coupé, je respirais super mal.

Contrôle-toi, voilà ce que j'ai pensé. Reprends les rênes. C'est toi le pilote. Je pensais que je pouvais tout contrôler ; les hommes pensent toujours ça, qu'ils sont les seuls maître à bord, pas de problème, keep control, toutes ces conneries. Mais les vannes s'étaient ouvertes, voilà la vérité. La putain de vérité. Jusqu'à Dorothée, le barrage qui retient la merde d'un côté, et les bonnes choses de l'autre, ce barrage tenait bon.

Dorothée l'a fait exploser. Dorodynamithé.

Je suis allé aux chiottes. J'ai regardé mon image dans la glace ; quelque chose était en train de changer. J'ai eu peur. Baiser Dorothée. Baiser. Baiser. Baiser. Suce-moi. Suce. Les mots passaient par les fissures du barrage. Me remplissaient la bouche, la bite.

J'étais prêt à aller me rendre chez les flics. Courir m'enfermer à double tour, je le jure, j'étais prêt à me couper la main, et même la bite, mais brusquement un truc a cédé, et j'ai entendu une voix dire : « Vas-y. Attends-la. Suis-la. Prends-la. Elle est à toi. » C'était une voix qui venait de mon reflet dans le miroir.

« D'accord, j'ai dit. J'y vais.

— Super, a dit mon reflet. C'est une pêche, cette petite. » Il a ri.

« Je veux pas lui faire du mal, j'ai fait.

— Qui te parle de mal ? On veut juste des caresses. C'est pas mal, les caresses.

— Et si elle a peur ?

— Elle aura pas peur.

— Et ses parents ?

— T'inquiète pas, je vais m'occuper de tout. »

Quand j'étais gosse, je me parlais à moi-même exactement comme ça. Je faisais le bon et le méchant. Le dur à cuire et le clown. Je faisais ça parce que j'étais souvent pas mal seul ; je meublais. Des tas de gens que j'inventais. Rien à voir avec la folie. Je savais bien que c'était avec mon reflet que je parlais, avec moi-même, ma foutue conscience et rien d'autre. Mais ça changeait rien.

Elle t'attend, j'ai pensé. Dorothée t'attend.

Je me suis posté à la sortie du cinéma. Les gens ont

commencé à sortir, et pendant un moment j'ai eu peur : et si les parents de Dorothée étaient venus en voiture. La ville est pas grande, mais il y a toujours des gens pour se balader en voiture.

C'était pas le cas : Dorothée est sortie du ciné ; sa mère la tenait par la main. Pas de père. Le mercredi, il bosse. Ou peut-être pas de père du tout. Elles sont passées devant moi, et la mère m'a souri. Je suis plutôt d'un bon contact. J'ai une présence physique agréable. Plutôt pas mal. Normal.

Je me suis tout de suite mis en chasse ; je bandais.

« Bonjour », j'ai dit à la mère. Le bonjour qu'on peut dire dans une petite ville comme la nôtre. Trois banques. Un ciné. Un théâtre. L'ennui.

Elle m'a répondu : « Bonjour. » Elle s'est même arrêtée de marcher. Pas d'alliance au doigt : femme moderne ou pas mariée. Feu vert, je me suis dit.

J'ai souri à Dorothée, sourire masque du gentil adulte complètement simulé à l'intention de la mère.

« Dis bonjour au monsieur, Dorothée. »

La gamine a fait : « 'jour. » Une note de musique. Un lever de soleil.

J'avais peur que ma bite se voie dans mon pantalon si bien que je me suis mis de côté. « Beau film, non ? j'ai dit.

— *Blanche-Neige*... ? a demandé la mère.

— J'adore ! » J'ai regardé Dorothée : « Pas toi ? »

Elle ne m'a pas répondu, elle s'est contentée de regarder sa mère, et de lui dire : « Maman, tu m'avais promis une glace... »

La mère l'a à peine entendue ; elle me fixait. Je lui faisais de l'effet, c'est sûr. J'ai pris sur moi de répondre : « Si tu veux, je t'offre une glace... » Coup d'œil à la mère : « À toutes les deux, je veux dire... »

Au procès, le procureur a dit que je haïssais les femmes, que je haïssais la mère de Dorothée, que je lui voulais du mal. C'est faux. Totalement faux. J'avais rien contre elle en tant que telle. Je veux dire : elle me gênait, c'est tout.

On s'est retrouvé dans un salon de thé, un peu plus loin, Dorothée ne voulait plus de glace, elle voulait un gâteau.

« À la cerise, maman ! »

Moi, j'aurais voulu qu'elle suce un cône glacé. J'ai même insisté, assez lourdement. Les idées tordues, et pornos se succédaient à la vitesse grand V dans ma salle de projection cérébrale, film numérique je te nique.

La mère a commencé à me dire que son mari était souvent absent, qu'ils venaient d'arriver dans cette ville, à cause du travail de son mari, cadre, les responsabilités, les voyages, chaque phrase de cette pute voulait dire : viens me baiser, viens me baiser fort, je m'emmerde, je suis une vraie salope. Ou peut-être pas. Du reste, je m'en foutais. Je me contentais de secouer la tête, de lâcher des banalités.

« Il pleut souvent, ici. »

Ou encore : « La région est humide. »

On dit souvent que le timbre de ma voix est chaud. Une voix de crooner. Le son vous met le cœur dans un nuage, et le feu entre les cuisses. Sinatra style. La Rolls-Royce des voices. Les femmes se foutent du sens ; elles écoutent la musique. Je te nique. Je te nique. Je te nique. Salsa. Mambo. Bossa nova. Tango. Voilà ce qui devait résonner entre les deux oreilles de la mère.

Moi, j'espionnais Dorothée du coin de l'œil. J'espionnais chaque cerise qui franchissait ses lèvres, et je me disais : je suis cette cerise. Non, celle-là. Et celle-là. Et celle-là aussi. Et j'avais le gland chauffé à blanc. Il y avait aussi de la crème pâtissière qui débordait aux commissures. Crème suprême ! Crème susperme !

Je me suis mis à commander carafe d'eau après carafe d'eau, et à faire boire la petite.

« Tu dois avoir soif, après cette tarte, non ?

— Oui, monsieur.

— Appelle-moi Simon, tu veux ?

— Simon... »

M'appeler Simon, m'appeler par mon nom, c'était presque me mettre en elle, presque la pénétrer d'une certaine manière ! Me glisser en elle. Ssssimon !

Je devenais dingue. Mais elle buvait. Et buvait encore. J'avais mon idée. Je voulais qu'elle ait envie de pisser. Je voulais l'emmener aux toilettes, et la baiser aux toilettes, parce que chaque seconde de plus était une espèce d'enfer sans fin. Quand ton désir te brûle. Quand tu sens que si on t'ouvre en deux, à l'intérieur il n'y a que de la lave, des fumées mortelles, du magma. Quand tu sens que tes molécules s'apprêtent à te lâcher. Tes cellules pas loin du Big Bang, moins dix secondes... neuf secondes... huit... sept... trois... deux...

« Maman, j'ai envie d'aller faire pipi, elle a fini par dire.

— Eh bien vas-y ! a dit la mère.

— Je sais pas où c'est...

— Demande, chérie. »

Moi, comme sortant d'un rêve, voix parfaitement neutre maîtrisée plate : « Je vais t'accompagner, si tu veux, Dorothée. » Puis à la mère : « Je vais rincer *ça.* » (Précision : j'ai mangé un gâteau au chocolat, ma manche de chemise a été tachée *malencontreusement*.)

Ça y est ! Dorothée marche devant moi ! Nous sommes seuls ! Tout se passe maintenant au ralenti : chaque pas sur la moquette me rend fou. Mon cœur bat la samba. Sang bat. Sang bat. Bat. Bat. Bat !

Devant moi : l'objectif : la porte des toilettes femmes. Rose bonbon. Juste à côté : les hommes. Bleu lavande.

Dorothée marche toujours. Ses cheveux jouent sur sa nuque, dark lasers qui me transpercent, rayons d'obscurité. Mes yeux dézipent déjà sa petite robe. Entrent dans ses fesses. Mes yeux la sodomisent déjà.

Toujours au ralenti : je pousse la porte rose bonbon et invite Dorothée à rentrer.

Volte-face : je check mes arrières : personne : je suis immédiatement Dorothée.

À l'intérieur, maintenant, carrelage rose, lampe en forme de fleurs, lavabo comme des conques, lumières vives, je m'approche lentement des robinets et commence à faire couler de l'eau, tout naturellement, sur la manche de ma chemise, comme de rien.

Je sens la présence immobile de Dorothée dans mon dos.

« Eh bien, tu n'avais pas envie de faire pipi ? » je fais. Et j'ajoute, d'une voix plus grave : « On n'a pas toute la journée, Dorothée. »

Le procureur n'a jamais mentionné comme elle m'obéissait. Il n'en a jamais parlé. Pourquoi elle l'aurait fait, hein ? Je veux dire : à sept ans, on sait faire la différence entre les chiottes des femmes et des hommes, entre les sexes. Elle savait ! C'est vrai, ça ne justifie rien, rien, rien, nothing, je suis dingue si vous voulez, mais elle savait quand même, elle aurait pu crier, hurler, appeler.

Dorothée ne fait rien de tout ça. Dorothée se dirige sagement, comme une petite fille de sept ans, vers une cabine de toilette.

Mieux : quand je lui fais un clin d'œil, quand je me retourne, quand je la regarde dans les yeux, elle ne baisse pas les siens, elle soutient mon regard, elle ne me lâche pas, et je sais qu'elle sait que je sais que nous savons ce qui va se passer.

Elle a retroussé sa robe.

Je vois sa fente !

Un moment, je suis incapable de bouger, incapable d'ouvrir la bouche, de penser. Un moment, le temps s'interrompt. L'univers entier cesse d'être. D'êtres, il n'y a plus que Dorothée et moi, reliés l'un à l'autre par sa fente et mon regard.

Le jet de son urine jaillit en même temps que les premières gouttes de mon foutre.

J'aurais pu m'arrêter là, c'est vrai, *en théorie*. Jusque-là, au pire, c'était une atteinte à la pudeur, un truc comme ça, ou aux bonnes mœurs, ou je sais pas.

J'aurais pu… ?

Non, je n'ai pas pu.

Impossible !

Même si on m'avait lobotomisé, mon corps l'aurait fait, mon corps aurait quand même réussi à franchir le mètre cinquante qui nous séparait. Même si on m'avait arraché l'âme ! Même si un tireur d'élite avait fait mouche, pile dans mon hypophyse ou mon bulbe rachidien ! Même si mon corps avait été taillé en pièces, ma langue aurait fait le reste : se poser sur cette fente, la vénérer, l'habiter, papillon sur une fleur vierge, papillon sur un bourgeon.

Ma putain de langue !

La traîtresse !

Suckant léchant se saoulant de l'urine claire de Dorothée, du sucre de sa virginité !

Évidemment, c'est là que la reine des putes a décidé de faire son entrée ; c'est pile là que tout a basculé, que le destin m'a chié dessus, m'a balancé toute sa poisse.

La mère, mesdames et messieurs !

La mère débarque.

Ses yeux lui tombent du visage.

L'univers lui crache son film d'horreur : un monstre embrasse le con de la chair de sa chair.

La bouche de la mère ne sait pas quoi faire. Pendant un moment, elle oscille entre le A de stupéfAction, le O d'hOrreur, le L de folLe.

Elle crie une première fois. Un son, pas de sens. Juste un son. Je ne me rappelle pas.

Je suis déjà debout.

Elle va crier une seconde fois.

Mon poing s'écrase sur son visage. Une première fois. Elle bascule, son poids se porte en avant, elle heurte les lavabos.

Dorothée : « Maman ! »

Mon pied, maintenant, rencontre son ventre, et mon poing à nouveau dans la poitrine, et des larmes me sortent des yeux, parce que je suis brusquement en train de réaliser ce que je fais, bordel !

Dorothée : « Maman ! »

Une voix, en moi : « Arrête ! »

Encore un coup, la mère s'est définitivement effondrée à terre, Dorothée hurlait, hurlait maman, maman, maman, et moi : arrête, arrête, arrête. Voilà comment ça s'est passé.

C'était la première personne que je frappais.

Une femme.

Avant que ça m'arrive, j'étais un type de moins de trente ans, qui faisait le VRP dans deux ou trois régions, et vivait dans un HLM, ni beau, ni moche, TV, hi-fi, des copains mais pas vraiment d'amis, avec une petite amie de temps en temps, tous les accessoires d'une vie normale, à peu près confortable, sans besoins surtout, dans une ville moyenne, et une certaine passion pour les gosses, mais sans passage à l'acte, sans rien, que de l'amour platonique en fait.

Avant que le barrage ne cède, en moi, la merde était contenue là où il fallait, et comme il fallait, cadenassée verrouillée emprisonnée, quartier de haute sécurité.

2

« Tu sais ce qui arrive aux pédophiles quand ils vont en prison ? dit un flic à voix haute en passant près de ma cellule.

— Non..., dit un autre flic.

— Les autres détenus finissent toujours par les choper...

— Houa !

— Et après, ils les enculent...

— Re-houa ! » Pause. « Et après ?

— Ils leurs coupent les couilles ! »

Quand ils m'ont arrêté, j'étais incapable de sortir un mot, incapable de dire un son avec du sens, ils m'ont collé les menottes, embarqué. En même temps, une ambulance emmenait la mère à l'hôpital et je voyais disparaître Dorothée dans une voiture de police. C'est dans le fourgon que j'ai entendu prononcer le mot pour la première fois : « Pédophile. » Pas une seconde, à ce moment-là, j'ai pensé que la femme flic qui l'avait dit parlait de moi. C'est seulement quand elle m'a craché au visage, que la salive a traversé l'espace, comme ça, scintillante vibrante, et m'a touché en plein visage, impact, coup de fouet, c'est là, vraiment là que j'ai refait surface.

Pédophile.

Qui viole les petites filles.

Ensuite, il y a eu la prison. La préventive. Les questions. On m'a foutu dans une cellule spéciale, une boîte en verre au milieu d'une pièce qui donne sur nulle part ; ma seule vue : les flics qui me gardaient bien enfermé dans ma bulle de verre, qui me mataient all day long.

Le monde se réduisait à ça : une bulle de verre complètement insonorisée, rien, zéro, les flics ont un micro pour communiquer avec toi, et toi une espèce de téléphone pour leur répondre.

De temps en temps, les gardiens laissaient le micro ouvert, exprès, pour me balancer des vannes, des vacheries.

« Tu crois qu'il s'en sortira ? demande gardien number one.

— Jamais ! » se marre flic numéro deux.

Je peux même pas dire à quoi ils ressemblaient, on les changeait tout le temps. Avec ou sans moustache, cheveux blonds, bruns. Vous êtes tous les mêmes : une peinture de haine sur vos visages !

Les nouveaux avaient toujours une idée nouvelle, un truc pas croyable. Il y en a même un qui est venu pisser sur le mur de ma cellule. Il y avait les douleurs, aussi. On a souvent mal quelque part quand on est enfermé comme ça : mal au ventre, mal à la tête, migraine, déveine, peine, mal à la liberté. Et puis la peur. La vraie de vraie. Celle dont les enzymes vous bouffent le ventre matin, midi et soir. La mère de Dorothée revenait souvent dans mes rêves pour me châtrer avec un coupe-haie. MoteurrrrrR ! Tchac ! Tchac ! No more couilles ! Le visage sanglant de la mère de Dorothée. Dorothée qui hurlait, les premières personnes entrant dans les toilettes, leurs visages coulant comme de la cire, déformés par l'horreur. Régulièrement, les scènes me revenaient, comme ça, sans crier gare. Comme si la haine du monde entier entrait par ondes dans ma cellule pourtant isolée. Entrait malgré mes yeux fermés, mon cœur verrouillé. Entrait. Entrait. Entrait.

Et puis un jour, un type est venu me rendre visite, jeune, des lunettes classe, attaché-case, un chouette costume, il me ressemblait un peu, mais avant que j'entre en prison, pas mal foutu, beau même avec une lumière en plus dans les yeux ; il m'a parlé par le micro, il ne m'a pas insulté, no vannes, no vacheries, no pipi.

Il a juste dit : « Je suis votre avocat. »

Mes gardiens m'ont collé les menottes, ont amené une table dans ma cellule, deux chaises, et ils m'ont assis, merci, c'est sympa pour une fois. Tout ce que l'avocat demandait, ils le lui filaient.

« Deux cafés, s'il vous plaît », il a demandé.

Je me suis dit : si je sors d'ici, je me fais avocat. Le café était super. Les gardiens aux petits soins. Ensuite, ils nous ont bouclés dans la cellule, *mon* avocat et moi.

On s'est présenté. Moi c'est Simon, lui c'était maître Du Schmoll et Patati et Patata, mais il m'a dit que je pouvais l'appeler « Nicolas, c'est plus simple ».

Ok, Nicolas, pas de problème pour moi.

Ensuite, il m'a demandé comment je me sentais et j'ai hésité avant de répondre : « Pas mal.

— Vous êtes sûr, Simon ? »

Long silence pesant. Dans les films américains, c'est là que le coupable craque, qu'il dit que ça va mal, que les salauds de la terre se sont ligués contre lui, le shérif est corrompu, le FBI aussi, le gouvernement vous ment, je suis une victime. Problème : pas de FBI, pas de gouvernement, rien que moi.

« Je comprends pas très bien, j'ai fini par dire.

— Vous ne comprenez pas quoi ?

— Ce qui se passe. Toute l'histoire. » Pause. « *Ça* », j'ai dit en montrant cellule, flics, prison.

Mon avocat s'est frotté les mains. « C'est un bon début, Simon. » Il a souri. « Je pense qu'on va faire un super boulot vous et moi. » Il a sorti un magnéto de son attaché-case que j'ai trouvé plutôt cheap maintenant que je le voyais de plus près. « Maintenant, Simon, racontez-moi tout. »

Pendant une demi-heure, je lui explique : le ciné, Dorothée, la mère, je lui fais le tableau complet. À la fin, il me regarde, puis : « C'est tout ? » Grand sourire.

« Oui...

— Et votre enfance, Simon... ? » Clin d'œil.

« Quoi, mon enfance... ? »

Son sourire se met à trembler vaciller.

« D'habitude... », il commence, puis il se prend le nez entre le pouce et l'index, il ferme les yeux, il soupire. « D'habitude, les cas comme le vôtre... je veux dire, les gens comme vous... Bref : vous devez sûrement avoir eu une enfance difficile, non ? » Bouche retour sur position sourire.

« Difficile... ? Qu'est-ce que vous appelez : difficile ?

— Des problèmes avec la famille. Par exemple : les gens qui battent leurs enfants reproduisent souvent des choses qu'ils ont vécues, vous voyez ?

— Non.

— C'est de la psychologie, Simon. Un homme qui bat son enfant a sûrement été battu lui aussi...

— J'ai bien compris. Ce que je veux dire c'est que personne ne m'a jamais battu, chez moi. »

Il se tape une main dans l'autre. « Évidemment, Simon. C'était un, euh, exemple. Il y a d'autres choses, d'autres types de problèmes… » Ses lèvres se retroussent sur un sourire de rat, j'ai l'impression qu'il m'aime plus autant qu'avant, et je pense : mais où veut-il en venir exactement ?

C'est d'ailleurs ce que je lui demande, franco : « Où vous voulez en venir, Nicolas ? »

Silence, puis, en quatrième vitesse, comme s'il vomissait : « Où est le père qui vous viole, vous sodomise dans les chiottes, la mère qui vous délaisse… ? Donnez-moi des biscuits, Simon, bordel ! » Il est rouge, il desserre sa cravate, des gouttes de sueur coulent le long de son front, ses joues, et entrent sous sa chemise en passant par le cou et le col.

« Faut pas vous mettre dans cet état, Nicolas, je lui dis.

— C'est la partie du boulot que je déteste…

— Pourquoi ?

— Je sais pas… J'ai l'impression de… » Silence. « D'aller explorer le trou du cul de mon client, il lâche finalement.

— Je vous conseille pas d'essayer… » Pause. « Je suis pas pédé.

— C'était une image. » Il resserre sa cravate, rajuste ses lunettes. « Ok, Simon, revenons aux choses sérieuses : votre père. Dites-moi la vérité. Dites-moi tout de lui. Donnez-moi des détails !

— Super.

— Quoi ?

— Mon père. Vous m'avez demandé comment était mon père, non ?

— Exact.

— Super. Il était super.

— C'est tout ? »

Je fais oui de la tête.

« Bon… et votre mère ?

— Super.

— Aussi ?

— Ouais.

— Mais alors… pourquoi ?

— Pourquoi quoi ?

— Pourquoi Dorothée ? »

Silence embarrassé. Puis je lâche, sans vraiment réfléchir, style réponse automatique :

« Pourquoi pas ? »

La bonne stratégie c'est de dire qu'on est timbré, qu'on a eu l'enfance la plus dégueulasse du monde, et qu'on est devenu fou, fou, fou. Encore mieux : il faut qu'un spécialiste, un psychiatre, vous examine, et qu'il reconnaisse que bébé, votre mère ne vous prenait pas dans ses bras, qu'entre zéro et six mois vous avez souffert d'un manque d'affection terrible, et comme ça, on peut se passer de la théorie du papa qui vous encule. Simplement grâce à la maman qui vous oublie dans votre berceau. Merci maman / Thanks mum / T'as fait de moi un monstre / Un taré / Pété / Un psycho / Yo ! Je me disais : quand tu sors de cette prison, tu vas écrire un rap terrible. Délaissé entre zéro et six mois. Comment mon avocat comptait prouver un truc pareil ?

Ça me fait mal de mentir à ce point ; perso, je crois bien avoir eu l'enfance la plus normale qui soit, et c'est d'ailleurs ce qui rend dingues mon avocat et son copain, le psy, qui ressort après chaque séance en s'arrachant un peu plus les cheveux, désolé mec, je peux pas inventer la faille dans mon cerveau, ça c'est ton boulot.

Je ne dis pas qu'il y a pas une fissure ou deux comme tout le monde, je dis pas que toute cette histoire n'a rien de dingue.

Je dis seulement : je ne suis pas taré.

Mais s'il faut dire que ok, je suis maboul, pour sortir de taule alors là, oui, je le dirais, je serais même prêt à me taper l'occiput contre les murs de la cellule, capable de bouffer ma propre merde, capable de boire ma pisse, de me branler devant le jury, un parterre de témoins, de renverser mes yeux, capable de tout.

Voilà ce que j'ai dit à mon avocat.

Je lui ai dit : « Expliquez-moi comment on fait le dingue ; dites-moi où jouer les coups, et je les joue. »

Il a cessé de se prendre la tête, de chercher la petite bête. Il a fait venir son pote psy ; on a d'abord inventé l'histoire absolument invérifiable de ma mère qui aurait oublié de me coller contre son sein, sa chair, contre elle pendant une période déterminante de ma vie.

« Et s'ils convoquent ma mère à la barre ? j'ai dit.

— Il faut lui expliquer qu'elle doit jouer le jeu, elle aussi, a répondu mon avocat. Elle n'est pas venue vous voir depuis que vous êtes là ?

— Venue… ? Oh, ouais. Sûr », j'ai fait.

Je mentais. J'avais envoyé une lettre pour lui dire que tout allait bien et que j'étais en déplacement à l'étranger, voyage d'affaires, qu'elle n'essaye pas de me contacter, qu'elle se tienne peinard. Je voulais temporiser. Je savais qu'un beau jour elle apprendrait toute l'affaire et que ce serait super moche pour elle.

Je l'imagine d'ici, dans notre maison. Elle apprend la nouvelle par la TV ou les journaux. Mon père est aux champs ou avec des potes en train de se descendre un ou deux verres pour la pause. Elle revient du potager, le journal vient d'arriver, elle se fait d'abord la nécro, la météo, puis ses yeux courent aux faits divers, elle adore les faits divers. Elle commence à lire l'article, elle voit mon nom, elle relit, re-relit. Simon X. Violence. Femme. Abus sexuel sur petite fille. Pédophile. Les doigts de ma mère tremblent. Le journal lui tombe des mains, une horrible sensation la mord aux chevilles, aux cuisses, au ventre, cœur, gorge. Elle peine à respirer. Se reprend. Inspire, maman ! Inspire ! Oui... C'est mieux. Tite maman. Pauv' maman. J' voulais pas. Désolé. J' voulais pas te faire mal. Scuse-moi. Scuse. Scuse. Ton fils est une crotte. J' voulais pas. Fils égale merde. T'avais raison quand tu m'engueulais. T'aurais même dû gueuler plus. Me tabasser. Me corriger. M'en foutre plein la gueule. Pour que j'apprenne. Scuse, m'man. J'ai pété les plombs. J'aurais pas dû. Tu m'escuses, dis ? Maman, tu m'escuses ? T'en prie, mam. Je recommencerai plus. Pédophile. Pédophile. Abuse de fifille. Pédofifille. Ma mère ouvre le dictionnaire, celui avec lequel on jouait au Scrabble, Le Nouveau Petit Robert, édition 1994, parce qu'elle veut savoir exactement :

PÉDOPHILE [pedofil] adj. et n. — fin XIXe ; de pédo- et -phile ◆ DIDACT. **1.** Qui ressent une attirance sexuelle pour les enfants. *Une lesbienne pédophile.* **2.** SPECIALT Pédéraste (1°).

Je voulais pas mêler maman à ça. Pas bon pour elle. Pas bon pour moi. Elle comprendrait pas. Et pourtant... Pas le choix ?

Mais j'ai pas eu le temps de prévenir ma mère, pas eu

le temps de dire ouf, de souffrir beaucoup plus de ma cellule de verre, le temps de rien…

Un jour, mon avocat débarque, il fait une drôle de gueule.

« J'ai vu le juge, il dit.

— Et alors ?

— Le procès commence demain…

— Quoi ? » Je n'en reviens pas. « Je suis absolument pas prêt pour le petit numéro de psychopathe ! »

Cuit. Ils vont me cuire. Me faire rôtir. *Tu sais ce qui arrive aux pédophiles quand ils vont en prison ?*

Mon avocat me décrit le jury. Pas mal de femmes. Des petites vieilles. La grand-mère qui s'émeut facile. Tout ça. On est mal barré, voilà ce que je comprends. Mal barré. Re-toqué. Danger. Couilles coupées. Mort assurée. Ils vont t'enculer. Ta vie s'arrête aujourd'hui.

Tu sais ce qui arrive aux pédophiles quand ils vont en prison ?

Je me rappelle encore le film de mon entrée dans la salle, quel trip les mecs, quel horror movie, pas de procès public heureusement, rapport à « préserver Dorothée », m'a expliqué mon avocat, pas de public donc, non, zéro, mais douze paires d'yeux sur moi, le jury, douze regards de haine, de dégoût, douze regards qui se bouchent le nez, impossible de les distinguer les uns des autres, et de toute façon mon avocat m'a dit de ne fixer personne, de faire profil bas, parce que, même si on est dingue, on s'en vante pas. Pigé ? Ok. Profil bas. Yeux à plat. Couche-toi. T'es le loser de service. Et en un sens, c'est vrai — sinon tu serais pas là, connard !

J'entre, donc. Et avant de m'asseoir dans mon box, une autre cage en verre, je règle mes yeux sur la jurée la plus proche. Mise au point : une fleur séchée, quatre-vingts printemps ou plus, pétales ridés, vieille tige branlante, mais des super yeux, doux, jamais vu des yeux aussi doux — ou si, en fait : ceux de maman. Je pense : tu vas pas m'envoyer en taule à vie, toi, t'es pas le genre. Mais je dois dire : c'est plutôt une prière : STP ne m'envoie pas en taule. Please. Je ne suis pas mauvais.

Et brusquement nos regards se croisent. Et là : je sens qu'on m'enfonce cent couteaux dans le ventre, dix dans le cœur. Horreur. Le regard de cette vieille, derrière ses yeux doux, me déteste déjà.

Ça me fout un tel coup, ce regard, je passe le reste de la séance hébété atterré allumé, pire qu'avec mes gardiens, même quand ils me pissent dessus. J'entends à peine les questions qu'on me pose, réponds à côté, limite n'importe quoi, bon Dieu c'est ton procès mec, reviens, atterris, schnell, participe, mais non, rien, que dalle, je me suis retranché tout au fond de moi, un crabe tout au fond de son rocher, c'est moi, oui, moi, un rat crevé, je disparais de la surface pendant une bonne heure et demie.

« Fin de séance », annonce le juge.

Mon avocat me dit : « Vous n'êtes pas très combatif. »

Le psy : « Votre attitude vous dessert. Ne soyez pas trop absent… »

Mon avocat : « Ce n'est pas comme ça qu'on va gagner, Simon. Allez, bon Dieu ! »

Le procureur : « Ne mérite-t-il pas une peine exemplaire, cet homme qui n'exprime aucun regret ! Il n'a pas même regardé la mère de l'enfant ! »

C'est vrai, pas un regard pour la mère de Dorothée au procès, je ne pouvais pas.

Mon avocat : « Objection votre honneur ! »

Mon avocat : « J'ai l'impression d'avoir misé sur un toquard, Simon. Vous me décevez vraiment ! »

Le procès s'est déroulé super vite, personne n'a même eu l'idée d'aller chercher mes parents, tant mieux. Dorothée était absente, trop traumatisée disait le procureur, trop souillée.

Et puis vient le jour des délibérés, et je vomis juste avant d'entrer en piste, ma pauvre participation s'est réduite à quasi-rien, absent à son propre procès, nul, nul, archinul, mon avocat ne pouvait pas plus mal tomber, des cheveux blancs lui ont poussé, pauvre Nicolas, désolé, super désolé, j'étais pas à la hauteur, mais c'est le regard de cette vieille, on aurait dit ma mère, désolé, maman, vraiment.

« La Cour ! »

Bruits de chaises : mon peloton d'exécution.

« ... Coupable ! »

Tu sais ce qui arrive aux pédophiles quand ils vont en prison ?

Papa, dis, pourquoi tu m'as pas violé quand j'étais gosse ? Pourquoi je suis pas psycho ? taré ? bon à enfermer ? Pourquoi je suis si normal ? Pourquoi j'ai foiré ? Allez, papa, donne-moi la réponse. Me laisse pas, p'pa. Me lâche pas, oh pitié !

Ils se font enculer et on leur coupe les couilles...

Je sentais déjà venir l'heure de mon transfert dans un endroit où on me couperait les couilles, la queue, on me violerait tabasserait tuerait. Je sentais venir le film d'horreur décrit par mes gardiens, quand mon avocat s'est ramené avec cette drôle de tête.

« *Ils* nous ont fait une proposition..., il m'a dit.

— Quelle proposition ? j'ai demandé.

— Il y a une nouvelle forme de peine... » Pause. « Les prisons sont tellement pleines, vous voyez... » Re-pause. « C'est une sorte de traitement...

— Quel genre ?

— Pour commencer, vous devez voir un psy deux fois par semaine...

— Pour quoi faire ?

— Parler...

— De quoi ?

— Écoutez, Simon, c'est une de *leurs* nouvelles théories sur le psychisme des criminels... Je ne peux pas vous en dire plus, je n'y connais pas grand-chose...

— Et c'est tout ?

— Non. Il y a aussi les médicaments...

— Pas question ! j'ai dit. Et d'abord quels médicaments ?

— Aucune idée... Un protocole expérimental, en rapport avec les facteurs héréditaires... En fait, je ne sais absolument pas... » Mon avocat a baissé les yeux. Puis : « *Ils* m'ont fait comprendre que c'était une très bonne offre, mieux que la prison de toute façon !

— *Ils... leurs...* C'est qui, Nicolas ?

— Je suis désolé, Simon. Je ne peux rien dire de plus. *C'est un programme spécial.* »

Et là-dessus, mon avocat disparaît, me laisse seul avec ma décision qui se résume ainsi : ou tu sers de Frankenstein à la science criminelle, ou tu vas en taule. Tu finis en E.T., en mutant radioactif, en Toon lobotomisé — ou tu sors de ta cellule d'ici vingt ans transformé en vieille prune pourrie, en mycose, cirrhose. Fais ton choix, les jeux sont faits, rien ne va plus, la roulette russe, y a une balle dans le barillet, faites vos jeux, rouge impair et manque, une balle, clic, clic, clic, bang ! Bon, j'avoue : pour les médocs, il y a toujours la solution de faire semblant d'avaler et de recracher, du moins : en théorie. Parce que en pratique ils ont réussi à inventer des comprimés qui fondent immédiatement dans la bouche et se liquéfient, et finissent toujours dans ton sang, and that's all folks, babe.

Le *programme spécial* me payait un *domicile* : une caravane, sans les roues (histoire que je puisse pas m'échapper... ?), posée sur des parpaings, genre mobile home sans moteur, isolé dans une forêt, au bout d'une espèce de chemin communal, loin de la ville, pas ma ville, une autre, nouvelle, et la caravane, bon, c'était plutôt le genre bocal minimaliste en longueur, avec cuisine américaine, le tout genre bocal, cage à cobaye, mais bon : c'est toujours mieux qu'une cellule. Le *programme spécial* ne m'offrait pas la bouffe, ne m'offrait rien d'autre, juste le toit. Mais j'avais le droit de bosser, me trouver un petit boulot, n'importe quoi. Je pouvais reprendre une vie normale, j'avais une seconde chance ; voilà à quoi se résumait le *programme spécial.* Merci. Merci à tous. J'avais le droit de respirer des fleurs, marcher dans les rues, aller au ciné, même mater des gosses, mais bon, toujours à distance, keep distance. Les yeux baladeurs, les mains in da pocket. Ta roquette dans le slip. Le zip tranquille. La quille à plat.

3

Je me rappelle, ma première semaine de liberté, qu'est-ce que je dis, mon premier jour, à peine les flics m'ont laissé chez moi, je traverse la forêt comme un forcené, manque me perdre en essayant de choper un raccourci, et débarque devant mon premier feu rouge complètement hagard paumé en déroute, après près de trois heures de marche.

Enfin, la ville !

Je me rappelle : c'était un samedi soir. J'étais parti de mon bocal à neuf heures du soir, comme aimanté obsédé par l'idée d'aller marcher, d'aller boire un verre, profiter de ma liberté, ne pas rester enfermé dans ce pavillon éloigné.

Je me rappelle : le premier endroit où j'ai échoué : néons surpuissants, rouges et bleus, tôle ondulée : une boîte de nuit en bordure de la ville, bâtiment industriel retapé, réhabilité ou je ne sais pas quoi, ça s'appelait Le Garage, évidemment. De toute façon, je me foutais complètement de la gueule de l'endroit, je voulais voir du monde, entendre de la musique, j'avais les cinq sens branchés sur la voie lactée, cinq sens à satisfaire au plus vite, après plus d'un mois sans contact avec le dehors.

Cinq sens en état d'hypnose total. Cinq sens avec la jauge à zéro. Please, fill the tank. Plus de carburant. Faites le plein ! J'imagine que les gosses, les tout jeunes, ceux qui viennent de naître, ressentent ça.

« Qu'est-ce que vous voulez boire ? » me demande la barmaid. Et quand elle me dit ça, j'ai déjà l'impression de boire. Vraiment. Sa voix : une liqueur rare ! So good ! Si bien que je lui demande de répéter sa phrase.

« Pardon ? elle fait.

— Encore, je dis.

— Encore quoi ?

— La... Votre... Voix... »

Elle me regarde en haussant les sourcils. « Voix ? C'est quoi ça ? Une marque de bière ? »

Sa voix a tellement bon goût, je reste là, immobile, à la savourer. Je lui fais me citer les marques de whisky une à une, Aberlour, Jameson, Johnny Walker, Cutty Sark, puis les vodkas, Absolut, Zubrowzka, Stolitchnaya, Finlandia, les rhums, Bacardi, Père Serge, Père Labat, Tequila Cuervo...

La liberté, Simon ! Savoure ! Profite !

Jouis !

Je finis par commander une bière, parce que je n'ai pas les moyens de viser plus haut pour l'instant.

Assis dans un coin de la boîte, je regarde danser un groupe de filles, treize à dix-sept ans, déjà des seins certes, mais bon, jolies tout de même, des visages d'anges surpeints, surmaquillés, fardés à mort.

Et ces bouches ! Pas des bouches, des pubs pour sites pornos ados fellatios. Lèvres rouges. Red mouth. Ça y est, je suis raide !

Dans les rayons des spots brillent leurs lèvres hyper glossées, leurs yeux étoilés, leurs pommettes avec poussière d'or. Teenageuses en pleine tentative d'envol féminin, les ailes à peine déployées, elles se déhanchent comme si elles postulaient pour un film hardmateur. J'ai même la certitude que l'une d'elles a repéré que je l'avais en plein collimateur, je l'ai mentalement marquée d'une grosse cible en plein cul, une croix spectrale qui se déplace de son visage jusqu'entre ses jambes. Allez, babe, faut que ça bouge. Faut que ça transpire. Et je la love, je la love de A à Z, je te love par les pupilles, balèze, et elle le sent sur tout son corps, mes yeux la palpant littéralement, dansant sur elle, telles des mains d'aveugle.

Je profite d'un changement de rythme et de morceau pour décoller de mon siège, et glisser vers la piste de danse. Elle doit avoir, quoi, quatorze ans. Mmmouais. Quelque chose comme ça. Treize, peut-être. Ta première sortie, babe ? voilà ce que je pense en coulant cool dans sa direction.

Un jeune type s'interpose entre nous. Il danse presque contre elle.

Elle… ? Ses mouvements mollissent, mais le type ne la lâche pas. De toute évidence, il lui fait l'effet d'un stick de colle UHU, d'un crayon papier sans gommemiché.

Je la cherche du regard. Elle me voit. Voit mes yeux s'enfoncer dans les siens. Elle m'ouvre une, deux, trois fois ses paupières consentantes, si bien que j'allonge mes gestes et viens à mon tour danser près d'elle, et le jeune type me remarque, remarque ma taille, quelques centimètres de plus que toi, connard ! Il remarque le mouvement de mes pectoraux, de mes biceps, triceps et deltoïdes, tu fais pas le poids gamin, casse-toi, tu veux pas d'un duel inégal avec moi kid parce que je suis le Love Cow-boy avec son Love Gun et ses Love Bullets et parce que les gamines, les Squaws, and all the Girls,

Black, Yellow ou White, all of them m'ouvrent leur cœur, alors, gamin, fissa, déguerpis, si bien que tout naturellement il rentre la tête entre les épaules et se voûte et ses yeux se brisent, voilà c'est bien comme ça, et il finit par littéralement disparaître de la piste de danse et je peux, moi le grand mâle alpha dans sa splendide trentaine, continuer à serrer ma proie, l'envelopper dans ma danse dominatrice, la transporter au firmament, et lui injecter une méga dose de désir, un Love shoot qui va lui doper le cœur.

Et bientôt, tandis que mes messages gestuels ont fini par se frayer un chemin clair jusqu'aux tréfonds d'elle, nous nous décidons mutuellement, automatiquement, et sans concertation aucune, à faire une pause, aller s'asseoir, finir de boire, parler un peu…

Elle s'appelle Jennifer.

Un nom à se faire enculer, je sais pas pourquoi, mais c'est immédiatement l'idée qui me vient. De toute façon, tous ses orifices sont probablement vierges, alors, celui-là ou un autre…. En tout cas, mes pensées suivent la route de son cul, mes idées descendent en spirale vers sa rondelle.

Elle me regarde comme si j'étais Dieu.

Normal : elle a déjà pas mal d'alcool à son actif dans le sang. Jauge : haleine saturée. Indicateur numéro deux : les pupilles hyper dilatées. Première cuite, quatorze ans, elle me voit briller dans l'obscurité comme un Prince Charmant, c'est clair. Je dois être plus beau que le Jésus en Croix au-dessus du lit de sa grand-mère, celui ceint d'une pudique étole pourpre.

Au milieu de la conversation, je m'enfonce dans mon fauteuil et j'écarte bien les jambes pour faire saillir mon paquet. Le test.

Automatiquement, ses yeux s'arrondissent. Se remplissent.

Feu vert !

« Ça te dirait d'aller faire un tour ? je lui demande.

— Un tour… ? » Je la sens qui se refroidit. Ça, c'est les recommandations de maman : doucement, ma fille, fais-le avec un type en qui tu as confiance, que tu aimes, et qui t'aime, et toutes ces conneries. Maman qui lui cause même dans la tête, même quand elle est pas là, maman dont la présence flotte tout autour d'elle. Faut shooter maman, babe. Allez, tue-la, bordel ! La laisse pas foutre en l'air ta soirée !

« Je sais pas si… » Elle jette des coups d'œil dans tous les sens, croise les regards enthousiastes de ses copines, lourds clins d'yeux, la totale.

Je lui balance ma voix la plus suave, pour enfoncer le clou : « J'ai même un petit joint (quel mensonge !), et dehors il y a toutes les étoiles de l'univers rien que pour nous faire planer.

— Un joint !

— Ouais. Léger. Sympa. »

Je sens que le spectre de sa maman est en train de se dissiper. Ciao mama ! Va f'enculo mother ! L'équation… ? Beau mec, trente ans, belle bête entre les jambes, la classe, la voix, les encouragements des copines, et le joint pour faire cerise sur le gâteau, yo !

Dehors, maintenant. Pas d'erreur côté météo : galaxies, voie lactée, billion stars, tout est au rendez-vous.

« Regarde ce ciel », je dis, réellement célestement envoûté, et je caresse doucement et spontanément le cou de Jennifer.

« C'est, euh, super chouette, elle lâche, un peu raide. Mais, euh, on pourrait pas fumer le joint ?

— J'en ai pas, je dis.

— Quoi ?

— J'en ai pas. C'était bidon. Juste pour que tu viennes avec moi. »

Elle s'écarte.

« C'est si important que ça ? » je fais. Et là, je lui dessine mon plus beau sourire : tiers-taquin, tiers-ténèbre, tiers-tendresse. De quoi rendre folles toutes les boussoles. Le sourire qui tue !

« Je... je sais pas », elle confesse.

Je prends sa main qui tremble un peu. J'accentue mon sourire côté tendresse. Effet immédiat : sa main se détend. Je sens son cœur battre au bout de ses doigts. One more smile : le rythme ralentit. Slow down, babe. Pas de problème, avec moi aux commandes, tu vas faire un super voyage. Le tender man. La douceur incarnée.

Je gonfle un pectoral, porte sa main dessus.

Elle frémit.

« Ça va pas ? je dis. T'as pas envie de me toucher le cœur ? » Je prends un air déçu, mais retiens sa main contre ma poitrine.

« Non... Si... J'veux dire... » Elle baisse les yeux.

Là, c'est le moment du rire. Pas trop fort. Pas accentué. Juste soft, chaud, warm. Je me lance, elle lève des yeux où je peux lire cette pensée, sa pensée : que je suis conne, ce type est super cool, pourquoi je fais ma conne, pourquoi j'essaye de fuir...

Elle rit avec moi.

« On va faire un jeu, je dis. Ça te dit ? »

Elle fait oui de la tête. Cette gamine est géniale.

« Tu vas fermer les yeux... », je m'interromps, cherche ses yeux, les trouve toujours aussi confiants, plus un début d'excitation, si bien que je continue : « ... et je vais poser ta main à différents endroits, et tu vas essayer de reconnaître, ok... ? ».

Ses yeux brillent. Je sens s'éveiller la fillette en elle. Excitation. Curiosité. Émotion.

« Et si tu perds... j'ai le droit de t'embrasser où je veux, ça te va ?

— Et si je gagne ?

— Comme tu veux...

— C'est moi qui ai le droit de t'embrasser. »

J'en reste ébahi. Plus coquine que je pensais. Elle ferme les yeux. C'est parti : mettre d'abord sa main sur mon biceps gauche préalablement gonflé.

« Alors ? je fais.

— Ton... » Elle rit. « Ton bras...

— Cool babe ! »

Elle dépose un rapide baiser dans mon cou. Ou-ah !

Je me baisse, attire sa main contre mes hanches, sous ma chemise. Elle ne répond pas tout de suite, réfléchit.

« Encore ton bras...

— Faux ! »

J'embrasse ses lèvres, laisse pointer l'extrémité de ma langue sans insister, elle rougit.

« Encore ? »

Réponse affirmative. Sur mes abdos, cette fois. Au passage, avec ma main libre, je dégrafe mon pantalon, zip et bouton.

« Ton ventre !

— Exact. »

Elle se pend à mon cou, colle ses lèvres contre les miennes, ouvre la bouche et me fait un appel de la langue si bien que je lance la mienne à sa rencontre, sa petite langue pointue autour de laquelle je m'enroule presque, et je me mets à bander comme un fou, mais je la repousse en douceur, faire les choses bien.

« Une dernière fois... », je fais, haletant.

Je glisse sa main dans mon pantalon, contre ma queue hyper dure hyper excitée.

« ! elle lâche.

— Perdu ! » Je ris.

Elle n'a pas ôté sa main, toujours contre ma queue. Je regarde ses yeux ouverts maintenant, en souriant ; elle est littéralement absorbée hypnotisée envoûtée. Bingo !

Je me dégage doucement, soulève sa jupette. Elle tressaille.

« J'ai droit à mon baiser, non ? » je demande.

J'enfouis mon visage entre ses jambes et, avant même de la voir, j'ai déjà une image de sa fente qui se matérialise dans mon esprit, qui se matérialise comme au centre d'un écran, en gros plan, sa fente comme un appel, comme une icône, cliquez OK, SVP, ou ANNULER, mais cliquez vite, j'en peux plus, je veux sentir vos lèvres sur les miennes, sentir votre bouche sur ma pente lisse, ma dune ensoleillée, cliquez vite sur OK, voilà l'appel que me lance sa fente.

Et pile quand je lui descends le slip : décharge de 15 000 volts dans mon réseau nerveux !

Des poils !

Je vacille, bascule.

Ma vue se brouille.

Je manque vomir, la tête me tourne.

L'odeur !

La voix de Jennifer (affolée) : « Qu'est-ce qui se passe ? Ça va pas ? »

Instinctivement, je recule.

Poils.

Odeur.
Horreur !
Dégoût.
Docteur ! Aidez-moi !

« Qu'est-ce qui s'est passé, Simon ? » me demande le docteur du *programme spécial*, un psy, celui qui me donne les médocs et que je vois une fois par semaine.

Donc, c'est notre première rencontre, et même si je ne tiens pas à entrer dans les détails et tout ça, je finis, après un quart d'heure de présentations mutuelles et de tchatche bidon, par lui casser une partie du morceau : Avec Jennifer (pour les circonstances, et pour pas avoir de problème, je lui donne dix-huit ans ; mais au fond treize, quinze ou dix-huit, c'est du pareil au même...), ça a foiré, je me suis barré en courant ou presque.

« Qu'est-ce qui s'est exactement passé ? me répète le docteur.

— Je sais pas. Je me suis senti mal. »

J'ai essayé, pourtant, j'ai vraiment essayé, et je croyais que j'étais guéri, je croyais que la prison m'avait guéri, sorti de tout ça, je pensais qu'après une bonne claque dans ma gueule je m'en sortirais, mais quand je me suis retrouvé devant la chatte de Jennifer, devant ses *poils*, devant cette *odeur* de femme, pas celle de gamine, pas l'odeur de papillon, non, l'autre : la cyprine, le fond de cuve, l'extrémité de matrice ! et c'était pas une fente non plus, mon Dieu, mais une forêt, un buisson touffu, le truc où tu te perds, peur, puits, tomber, sombrer, se noyer ! C'est comme si la réalité m'avait cruellement mordu le cœur ! Alors : j'ai fui. Et moi qui pensais que la prison allait me guérir, docteur ! Comment lui dire ça à ce docteur sans passer pour un dingue, comment lui dire que c'est pas moi le dingue, que c'est mon nez, celui qui reçoit les odeurs. Pas moi. J'y peux rien. C'est mon nez, le pédophile. Mon nez et le nerf qui le relie au centre nerveux du dégoût, aux cellules de l'aversion, aux neurones de la répugnance. Pas moi. Not me. Mon nez. Mes yeux. Ma queue. Pas moi, je jure ! J' veux pas. J' veux plus.

Jennifer me tenait dans ses bras ; j'avais presque envie de la tuer, je tremblais, j'étais fou, me touche pas, please Jenni, lâche-moi !

« Qu'est-ce qu'il y a, Simon ? elle m'a demandé. Parle-moi ! » Elle me caressait le visage.

Au bout d'un long moment, cette phrase atroce est sortie de ma bouche : « T'aurais pas une... sœur... plus jeune ? »

Voilà, docteur.

Voilà ce que j'ai dit.

Une sœur plus jeune, bon Dieu, Simon, tu pètes les plombs !

Assis en face du médecin, je n'en mène pas large. Impossible de tout lui dire. Impossible de tout lui cacher. J'ai commencé, pourtant, il faut aller jusqu'au terme. Ça fait partie du contrat, du programme spécial, psychothérapie intense, traitement de cheval pour mon âme tordue. Ça fait à peine trois jours que je suis sorti de prison, trois jours que j'ai fui Jennifer. Mon troisième jour donc : Psy Day. Psy Time. PsyKo. PsyKakanalyse. Je viens chier à vie par la bouche, chier la merde qui me bouffe le crâne, vider ma fosse septique mentale. Tout à l'égout. Et je ne sais pas comment il fait, mais ce docteur-là n'est pas mauvais, il est le genre de bonhomme devant lequel on accepte pas trop difficilement de se déculotter, jusqu'à, euh, un certain point bien sûr.

« Pourquoi cette fille — Jennifer, c'est ça ? — pourquoi, elle ne vous a plus intéressé, subitement ? » demande le docteur.

Je ne réponds pas. Les mots ne sortent pas de ma bouche. Désolé, docteur.

« Est-ce qu'elle était trop... âgée ? »

Un liquide de refroidissement m'envahit la colonne vertébrale.

« C'est ça, Simon ? »

Je gèle, littéralement.

« Simon..., il insiste, le salaud. Vous pouvez me faire confiance ; je suis là pour vous aider — c'est mon travail, vous comprenez ?

— ...

— Je ne suis pas là pour vous juger, mais vous aider à *comprendre* et, éventuellement, si vous le souhaitez, à *changer* et *guérir*...

— Je crois pas que je peux changer et guérir, docteur. » C'est venu tout seul, ça. Le genre de phrase con qui te remonte direct du cerveau comme une envie de pisser.

« Qu'est-ce qui vous fait dire ça, Simon ?

— Je... »

Le psy me regarde par-dessus ses lunettes, il ne sourit pas, ne fronce pas les sourcils, il ne fait rien, pas un mot, pas même un encouragement, je n'arrive à rien déchiffrer sur son putain de visage impassible, salaud de docteur !

« Je crois que mon problème est... génétique, je fais. Pas psychologique. Vous, euh, voyez ?

— Vous voulez dire : le problème a un rapport avec vos parents ? C'est ça que je dois comprendre, Simon ?

— Je veux dire... » Je m'interromps. Qu'est-ce que je veux dire, en effet ? Blanc. Trou au milieu de ma tête. « Je veux dire..., je répète.

— Oui, Simon ?

— ... que je suis né comme ça.

— Je n'ai pas bien entendu.

— Je... suis... né... pédophile... »

Mais pourquoi je dis ça ? Pourquoi je dis une connerie aussi grosse que ça ? Je délire ou quoi ? C'est pas moi qui parle, là, c'est pas possible. Quelqu'un essaye de prendre le contrôle de ma tête, de me faire dire des trucs que je pense pas. Une prise d'otage au plus haut niveau du cerveau !

« C'est pas ce que je voulais dire, je fais, à toute vitesse.

— Et pourtant, Simon, vous l'avez dit...

— Je veux pas retourner en prison !

— Personne ne vous parle de retourner en prison.

— Mais si ma maladie est physique, génétique, et qu'il y a pas de traitement, va falloir que j'y retourne, non ? »

Le psy ouvre une main. Une pilule rose brille dans sa paume.

« Ceci devrait également vous aider...

— C'est quoi ? je demande, méfiant.

— Un médicament...

— Quel genre... ?

— Le genre qui aide à guérir votre genre de *maladie*. Qui vous aide à retourner vers un monde meilleur...

— C'est tout ?

— C'est tout.

— Ça va pas me transformer en concombre ?

— En concombre, Simon ?
— Je veux dire : en légume… ?
— Non, Simon.
— Qu'est-ce qui me le prouve… ?
— Rien, c'est vrai. » Pause. « Mais, vous pensez qu'on vous aurait sorti de prison pour vous transformer en… légume ?
— Pourquoi pas ? je dis, un peu agressif.
— On pouvait également le faire en prison, non ? »
Pause.
Tu sais ce qui arrive aux pédophiles quand ils vont en prison ?
Je tends la main, je prends la pilule et l'avale, et c'est là que je m'aperçois qu'elle fond dans ma bouche et que je vais pas pouvoir la recracher, contrairement à mon intention.
Ils se font enculer et on leur coupe les couilles.
« D'accord, docteur, vous avez gagné… »

En plus des pilules et de ma séance hebdo, je me suis adjoint deux autres remèdes perso : des séances de masturbation, et un boulot pour m'occuper le reste du temps et parce qu'on peut pas se branler all day long, non ?
Le boulot… ?
Il y a, en bordure de ville, un grand parc d'attractions, le Mini World, qui a son resto, genre fast junk food, pour les gosses : le « Ô Burger ! ». Le manager cherchait quelqu'un pour faire Jack'o, le clown officiel de la chaîne, chargé d'amuser son public d'enfants. Un job taillé sur mesure pour moi, ça m'a sauté aux yeux. Un job pour mes compétences personnelles muy especial. Je suis déjà

dans la peau de Jack'o. Je me suis retrouvé catapulté du jour au lendemain au milieu de tous ces gosses, quel pied ! Je caressais mille petites têtes blondes, brunes ou rousses par jour. Côté tendresse, pas de manque. De midi à dix heures du soir, je flottais au milieu d'un océan de sourires, je planais dans un ciel constellé de visages adorables, quel trip mec ! Quel voyage super galactique ! Voilà ce que je me disais, chaque matin, avant d'aller bosser, en me regardant dans le miroir. Je me disais : la vic cst bcllc, lifc is so wondcrful, tout va allcr bicn maintenant, tout ira pour le mieux. Je me sentais porté par l'onde de leurs regards d'enfants, de leurs cris dès qu'ils me voyaient débarquer : « C'est Jack'o ! » Cris aigus, cris d'amour, cris qui me transportent dans une autre dimension, une dimension où tout le monde est heureux, où Blanche-Neige ne croque pas la pomme, où la Méchante Reine n'existe pas, un univers sans sorcière. Je suis bon, voilà ce que je pensais. Je suis bon, doux, j'ai pas de problème, tout roule, coule, tout est cool, tout plane on the seven sky !

Le problème avec ce genre de sensations, avec ces émotions-là, c'est qu'elles ne se stockent pas.

Tu peux pas faire le plein du réservoir, rentrer chez toi, et passer les longues soirées d'hiver en consommant le fond de cuve, non, ça, ça marche pas : l'amour ne se stocke pas.

Et le soir, chez moi, je me sentais seul.

Et puis, il y avait également le problème du sexe, l'autre face du disque dans ma tête.

La face B !

Bite ! Bande ! Ballade ! TV B ! Mon canal spécial crypté. Ma chaîne porno perso.

Après l'affaire Jennifer, il y avait pas eu d'autres tentatives. De temps en temps, j'allais tourner autour d'un sex-shop, j'épiais une pute à l'angle d'une rue, mais au fond je n'avais rien à faire là, j'étais exclu de ce monde, du monde où les chattes ont des poils, des lèvres bien visibles, où les chattes sont des trous ouverts vers le bas, et non des fentes bien dessinés sur le devant, exclu de l'univers normal.

Tu sais ce qui arrive aux pédophiles quand ils vont en prison ?

Dans mon monde à moi, les femmes n'ont pas encore de hanches, ni poitrine, ou à peine esquissées.

Mon monde : une fente à embrasser !

Une petite bouche à dévorer !

Une évidence, en tout cas, j'arrivais pas à me débarrasser de ce que le psy appelait ma *maladie*. Les pilules ne me faisaient pas d'effet, pas le bon en tout cas.

Alors, j'ai commencé à me branler au Ô Burger ! J'effleurais les gamines, je visais surtout les cheveux, et puis j'allais me faire une pause aux chiottes ; et le nez dans mes mains pleines de cette odeur magique, odeur de fleur, odeur directe sur mon cœur, je me donnais un maximum de plaisir, vite, super vite, j'avais pas plus de deux minutes de pause.

Il m'est arrivé de me masturber à l'intérieur de mon déguisement de clown, en présence des enfants, des parents, des clients.

Un jour, même, j'ai éjaculé à l'intérieur d'un gobelet que j'ai ensuite rempli à ras bord de Soda Boum, et je l'ai fait boire à une fillette aux cheveux blonds presque blancs, une gamine pâle comme un lys, un ange, une sucette géante, je l'aurais léchée de bas en haut. Si la gamine avait claqué des doigts, ma langue aurait accouru comme une chienne, en hurlant : je suis ton esclave, ton esclave à vie baby.

J'étais dingue.

Je lui ai fait boire mon sperme, en pensant : ceci est un philtre d'amour. Bois cette potion et tu m'aimeras !

De toute évidence, les pilules du bon docteur ne marchaient pas.

Mais bon, j'ai quand même pris le pli : toute la journée, je bouffe les gamines des yeux — si mes pupilles avaient des empreintes digitales, les flics me choperaient tout de suite, ils me retrouveraient : Simon le pédophile !

Motif de l'arrestation : attouchement visuel.

Il palpe ses victimes avec les yeux.

Abus virtuel.

Pornographie optique pédophilique je te nique.

Et plus tard, tout coupable que je suis, la mémoire saturée par mes visions de fillette, je m'offre la plus longue branlette de la journée, la meilleure, qualité supérieure.

4

« Faites du sport, Simon. De l'exercice. N'hésitez pas à vous épuiser... », m'a dit mon psy.

Mon jour de congé (j'essaye d'en avoir le moins possible !), je m'abrutis de sport ; je pars courir en forêt. La première fois : juste vingt minutes. Peu à peu je suis passé à une heure, puis deux, puis... bref : je me dope à la course, je vise l'épuisement complet, le moment où la tête me tourne, mes poumons vont exploser, mes muscles sont prêts à se rompre, la machine oscille entre le surrégime et le break total.

Et c'est comme ça que j'ai rencontré le Vieux...

Un jour, je courais, je venais de commencer mon parcours, première tranquille, seconde, troisième, pas de problème, rétrograder dans les côtes, laisser filer dans les descentes, je suis le roi du cross, le King du jogging, et brusquement : cet homme qui me dépasse comme une flèche.

Je l'ai à peine vu.

Un survêtement flash, une crinière en argent : la comète de Halley.

J'ai juste vu son sourire Colgate bi-fluoré, celui qui aveugle ses victimes, style : appel de phares.

Il fonçait, il m'a bousculé en me dépassant, et ça m'a énervé, si bien que j'ai mis le turbo, première, seconde, et j'ai essayé de le rattraper, troisième, quatrième, je lui collais au train, mais rien à faire, il prenait de plus en plus d'avance, cinquième, il devait avoir des réacteurs dans les guibolles. Ce mec ne courait pas, il volait ! Ses baskets traçaient leur route devant moi, balançaient de la terre et des cailloux dans tous les sens, ses baskets faisaient presque des étincelles. Ses cheveux d'argent volaient dans le vent.

On dirait qu'il chevauche une vague invisible, j'ai pensé. On dirait qu'il fonce à l'intérieur du tube. C'est le putain de Surfeur d'Argent ! Le héros qui vole de planète en planète sur son surf en métal ! Le mec qui a des couilles et une bite en argent ! et qui va plus vite que la lumière !

J'ai bien senti que je n'y arriverais pas. J'ai senti que ce type pouvait me tenir loin hyper facilement, que j'aurais beau y mettre toute l'énergie, brûler tout le carburant, je le rattraperais jamais de cette manière-là.

Au bout d'un moment, je l'ai lâché, j'ai coupé à travers bois. Une voix à l'intérieur de moi a dit : je vais me le faire ! Je vais me faire ce mec qui court en survêt à cinq briques, genre fringue griffée, et qui te bouscule comme une non-personne, avec un sourire pour te dire : t'es qu'une merde !

Mon raccourci était plein de ronces, quelle saleté, mais je me suis accroché parce que j'avais la haine, et probablement aussi parce que la frustration est venue s'en mêler. Tu te branles tout le temps, ta vie est nulle, tu bosses dans un resto dégueu où tu te fais exploiter, un resto qui pue la frite du matin au soir, et t'habites une caravane pas chauffée au milieu d'une forêt, complètement paumée, et la première personne que tu croises dans le coin te passe presque dessus parce que personne n'a rien à foutre de toi. Voilà ce qu'a dit la voix dans ma tête. Et elle a ajouté : Lui, là, c'est rien d'autre que l'humanité qui te crache à la gueule !

Et c'est ça, c'est cette dernière phrase qui m'a rendu fou, c'est elle qui m'a fait passer en sixième, mettre toute la gomme, c'est cette putain de phrase qui m'a fait pousser des ailes. T'es peut-être le Surfeur d'Argent de mes couilles, mais moi je suis Superman ! Je suis l'homme Condor ! La Torche !

Je l'avais pas perdu de vue, il était là, à courir sur ma droite, et je m'approchais de l'endroit où j'allais croiser sa route, et je savais qu'on y arriverait en même temps, je savais que j'allais lui tomber dessus, que j'allais lui rentrer dedans de plein fouet, le carambolage de la mort, je savais tout ça.

J'ai serré les poings. J'ai durci ma poitrine. Mes épaules. À ce moment-là, je ne voulais qu'un seul truc, que ce type déguste, que je l'envoie valdinguer dans le décor, dans un bon gros tronc d'arbre si possible, et qu'il s'éclate, qu'il se pète vraiment une dent, qu'il y laisse quelque chose, un os, n'importe quoi. Je voulais ça. Très fort.

On n'était plus qu'à quelques secondes de l'impact, et c'est là que nos regards se sont croisés. C'est là que j'ai pu prendre la mesure de l'homme, le voir tel quel, pour la première fois : les rides sur le visage.

Ce mec a soixante ans... Au moins !

Ce type a le double de mon âge... Au moins !

Il court deux fois plus vite que moi... Au moins !

Et je m'entraîne tous les jours... Au moins !

J'ai tout juste eu le temps de penser ça, et puis après,

l'homme Condor a foiré sa cible, son épaule l'a loupée, ses poings aussi, et tout son corps, j'ai tout, tout, tout loupé, je suis passé complètement à côté parce qu'il allait décidément trop vite pour moi, et que j'ai hyper mal tout calculé, et que je me suis retrouvé là où il aurait dû être mais une seconde ou quelques millièmes de seconde trop tard, pas grand-chose mais trop tard quand même, et j'ai continué ma course, complètement embarqué par mon élan, et j'ai vu, droit devant moi, tout devant moi, ce que j'allais me prendre à la place du mec : un bon gros chêne. Un centenaire !

Et là, fini Superman. Finito l'homme Condor. Maintenant c'est l'homme pingouin qui bat désespérément ses moignons dans le vide, l'homme qui se prenait pour un aigle royal et qui se révèle être un manchot sous-développé, un pauvre poulet, un poussin. Une tête d'œuf ! Voilà ce que je suis ! Un jaune d'œuf ! Une crotte de ver de terre qui est allée s'éclater contre le tronc du chêne.

Impact !

Total Black Out !

Plus tard, j'ai ouvert les yeux : le chêne me regardait comme un de ses glands du haut de ses vingt mètres. Accroupi à côté, le type me tenait par les épaules.

Il avait une belle gueule. Un mélange entre Kirk Douglas, Clint Eastwood, De Niro, Pacino, et Jules César, on met tout ça dans un mixer génétique, on fait tourner la centrifugeuse, on ressort le tout, on fait sécher, on passe au four, on compte entre cinquante et soixante-dix ans de cuisson de l'ADN and so on, et voilà : prêt à servir ! Sean Connery dopé à la drogue anti-vieillesse !

Il m'a gentiment aidé à rentrer chez moi. Pendant le trajet on a pas trop parlé, j'avais trente-six chandelles qui dansaient la ronde autour de ma tête, et je crois bien que c'est seulement là qu'il m'a dit son nom, et c'est la seule fois où c'est arrivé, mais j'étais pas en état de retenir quoi que ce soit, ça ressemblait en tout cas à un nom de film, américain ou anglais, je sais plus ; et moi, j'ai juste dit : « Moi, c'est Simon... »

Et on est arrivé à la caravane.

De le voir, comme ça, au milieu de mon chez-moi minable, ça m'a mis vraiment mal à l'aise. On aurait dit une perle égarée dans un champ d'épandage. Ça faisait déplacé. Obscène. Porno, même. Une personne avec cette classe, ici, elle s'est sûrement trompée de film ; voilà ce qu'on aurait pu dire : il y a une erreur de casting. Faute ! Je veux voir le metteur en scène immédiatement !

Toute ces pensées me tournaient dans le crâne à cent à l'heure quand le Vieux s'est arrêté pile devant mon affiche de *Blanche-Neige*, avec des yeux qui lui sortaient presque de la tête.

« J'adore ce film ! il a dit. Un chef-d'œuvre ! » Il avait l'air super ému. Tout rouge. Je me suis demandé si son visage allait pas prendre feu. « J'ai même la musique, chez moi... »

Ça, je sais pas comment dire, ça m'a tué. Littéralement. Un feu d'artifice a éclaté dans mon cœur. Le bal du 14 Juillet ! Les lampions ! Cotillons ! Quel pied ! Il a la musique de mon film préféré !

« Vous pourriez pas me la prêter ? j'ai fait.

— C'est un vinyle... »

J'avais pas de quoi écouter des vinyles. Qu'un pauvre magnéto minable.

« Si vous voulez, vous pouvez venir l'écouter chez moi, il a fait, supersympa.

— Super ! Merci !

— Quelle est votre scène préférée ? il a ajouté.

— Dans *Blanche-Neige...* ? » Pause. J'ai réfléchi. « C'est quand elle croque la pomme », j'ai fait, en repensant aux visages des enfants dans le ciné à ce moment du film, en repensant aussi à Dorothée.

« Moi, c'est quand les nains retrouvent Blanche-Neige dans leur lit, et... qu'elle se réveille brusquement... » Pause. « J'adore l'expression de son visage... » Re-pause. « L'expression de surprise... les yeux ronds... les joues en feu... la bouche à demi entrouverte... Bon Dieu ! C'est ce que je préfère ! » Il m'a donné un coup de coude. « Elle me plaît à cent pour cent !

— Qui ça ?

— Blanche-Neige. » Il m'a fait un clin d'œil. « Vous ne la trouvez pas... appétissante ? »

Il a enfoncé ses yeux droit dans les miens, d'un air de dire : un type de ton âge qui a une affiche de Blanche-Neige chez lui, on sait très bien toi et moi ce que ça veut dire...

Et à quoi on doit s'en tenir...

Deux points, ouvrez les guillemets, P, E, D, O, P, H, I, j'ai pas besoin d'aller plus loin, il me semble, fermez les guillemets, point final.

« Je préfère Alice..., j'ai fait, sans me démonter.

— Alice... ?

— Le Pays des Merveilles...

— Une blonde.

— Exact. »

Pause. Il a continué de me fixer.

« C'est vrai qu'Alice a une très jolie jupe et des socquettes vraiment... » Il n'a pas fini sa phrase. Sa bouche est restée ouverte, en suspension.

« Vraiment quoi ? » j'ai demandé.

Il a souri. « Vraiment trop ! » Pause. « Vous ne trouvez pas ?

— Trop quoi ? »

Il a fait une grimace, je pouvais presque lire dans ses yeux que les socquettes en général le rendent fou.

« Et pas seulement les socquettes, mais aussi les souliers, et le nœud dans les cheveux. Surtout le nœud ! » Il a ri. « Je… Le nœud donne un côté vraiment…

— … Sage, j'ai conclu.

— Tout à fait ! » Pause. Sourire. « Sage. C'est le mot. Sage comme une image ! Angélique !

— Exactement. Angélique ! »

Un immense flot d'émotion me traverse : Dorothée ! Ma petite Dorothée ! Mon ange blond ! Ma pin-up miniature ! Ma déesse indienne aux mille bras, mille mains, mille caresses ! Ma danseuse de Music Box ! Ma tête n'est plus qu'une fenêtre sur toi… ! Mon crâne : un de ces bibelots qu'on secoue et qui se remplissent de neige artificielle, une de ces bulles avec décor en plastique, et surtout, oui surtout ! avec toi, Dorothée, toi et toutes mes petites Marilyn Monroe ! Mes fleurs solaires ! Mi Flor del sol ! Je suis shooté à ces gamines, je sais c'est mal, je suis shooté à mes petites fleurs animales ! Mes boutons de pavot à peine éclos, mes lotus superplus…

« Vous aimez les anges ? » m'a demandé le Vieux.

Ça m'a sorti de mon rêve. « Comment ça ?

— Eh bien, oui, les anges…

— Pas vraiment.

— Ah… » Il a eu l'air déçu. « Moi, j'avoue que je les préfère… Surtout leurs fesses, n'est-ce pas… ? » Il s'est passé la langue sur les lèvres. « Les fesses des angelots... On a vraiment envie de les manger... »

C'est comme ça qu'on est devenus amis. Je n'ai jamais eu un pur ami, un vrai, je veux dire quelqu'un avec qui parler des trucs qui sont bouclés à double tour dans mon cœur, que je garde normalement pour moi.

Le Vieux m'a invité chez lui, une baraque dans la forêt, houa, une sorte de château : Versailles en plus petit, en plus dingue !

« Mille mètres carrés, il m'a dit. Plus cent hectares de terrain, la maison de ma famille. »

Je parle même pas de ses chiottes : plus grandes que ma caravane ! Et la salle de bains : la galerie des Glaces ! Le Taj Mahal !

Le Vieux est un homme important, c'est cool d'avoir un ami aussi riche, aussi important, parce que immédiatement on se sent meilleur, on espère que ça va déteindre sur soi.

Il avait aussi plein de tableaux aux murs.

Des trucs que je connaissais vaguement...

« Un Picasso...

— Super beau ! »

D'autres moins...

« Un Pollock...

— Très chouette ! » j'ai fait en passant mais sans vraiment mater.

Il s'est arrêté devant la toile, et il m'a pris la main, comme ça, cash, puis : « Tu aimes Pollock ? » il a demandé.

J'ai regardé la toile, jamais vu ça avant, une espèce d'accumulation de croûte de peinture de toutes les couleurs, j'ai jamais bien saisi l'art, et en fait j'aimais pas trop cette peinture, mais il avait tellement l'air content de son tableau si bien que j'ai dit :

« Oh... Ouais. C'est vraiment super. Celui-là je le connaissais pas et, euh, il est... » Je cherchais un mot vraiment adapté. Grosse sueur du cerveau, puis : « ... Cool », j'ai fini par lâcher avec un gros sourire les pieds dans le plat.

Ça a eu l'air de lui plaire moyen, ma réponse, vu qu'il m'a lâché la main. « Pollock me touche là. » Il a appuyé le poing sur sa poitrine. « Pollock peint ce qu'il y a dans mon cœur, vraiment ! » il a ajouté.

Nouveau coup d'œil : on dirait vraiment des croûtes de sang, oui, c'est ça, du sang séché, et ça m'a fait tout bizarre ce faux sang sur une toile, je me suis senti un peu mal à l'aise, genre bouffée de chaleur. Heureusement, juste à côté il y avait une autre peinture : une coupe de fruits plutôt appétissante sur une nappe blanche et nuageuse, vachement plus agréable.

« Cézanne... », a fait le Vieux en suivant mon regard.

Je connaissais pas Cézanne, mais je le trouvai déjà plus sympa que Popock ou je sais plus comment. « Moi, c'est plutôt ça que j'ai dans le cœur », j'ai dit. J'ai regardé le tableau avec les fruits, c'était des pommes toutes rouges ou des oranges, je sais pas, mais j'ai pensé : voilà ce qu'il y a dans mon cœur, une pomme bien rouge, comme celle-là.

Le Vieux a souri, un vrai sourire radiateur à vous réchauffer le cœur même en hiver. « Ça ne m'étonne pas, Simon », il a dit.

On avait pas les mêmes goûts, c'est clair, mais on s'aimait bien quand même, et l'amitié du Vieux pour moi me faisait cet effet : un type marche un jour dans une merde, et s'arrête au milieu de la rue et, au lieu de s'essuyer la chaussure en gueulant jurant pestant, au lieu de ça il se penche, et recueille la crotte entre ses mains avec un sourire bienveillant ; ça n'arrive jamais ce genre de chose, jamais, sauf dans les contes de fées. Il n'y a que là que les princesses roulent des pelles à des crapauds, que des rois marient leurs filles à des petits tailleurs, des prolos, des sous-crottes, tout ça n'existe que dans les contes de fées. Le Vieux était riche, important, cultivé, intelligent, c'était un grand patron ou quelque chose du genre, et moi... moi... j'étais la crotte. Et j'avais le sentiment, plus je le voyais, que j'allais finir par me transformer en Prince Charmant, en mec bien, fini la merde, fini les ennuis, et que même ma maladie concernant les petites filles n'était plus, euh, honteuse, parce qu'une personne comme lui l'avait aussi, avec les « anges », comme il disait...

« Personnellement, je ne me sens pas malade, m'a dit le Vieux. Et toi ?

— Je sais pas... D'après mon psy, je le suis.

— Ce que je crois, moi, c'est que c'est notre société qui est malade d'hypocrisie... » Il a souri. Quand il a une idée, comme ça, il sourit toujours, un demi-sourire, pas entier, comme une demi-lune, pas franche, tranchante.

Il s'est mis à me citer des pédophiles célèbres.

« Charlot, par exemple.

— Quoi, Charlot ?

— Exact.

— Comment tu sais ça ?

— J'ai une cassette pirate. Le making-of du *Kid*. Avec les auditions de tas de gosses, et des scènes qui ont été coupées par les producteurs parce qu'ils les trouvaient un peu osées.

— Quel genre de scènes ?

— Des câlins plutôt suggestifs… Charlot adorait vraiment…

— Qui d'autre ?

— James Bond.

— Impossible !

— Je te jure.

— Mais il baise des femmes tout le temps.

— C'est bidon. Il est obligé de mentir.

— Comment ça ?

— Tu imagines James Bond criant sur tous les toits, devant tous les gens qui vénèrent 007, qu'il simule avec les femmes mais, en revanche, atteint des extases de jouissance avec un gosse de dix ans ? »

Longue pause, je le fixe, il me fixe.

Puis, moi, suspicieux : « Tu te fous de moi ? »

Lui, sérieux : « Pas du tout ! »

Moi, de plus en plus j'y crois pas : « De toute façon… » Je réfléchis, puis : « … James Bond n'existe pas. Donc il peut pas être pédophile. »

Rire du Vieux : « James Bond existe. Je suis James Bond ! »

Ensuite, il m'a parlé des Grecs. Il m'a expliqué que les vieux initiaient les jeunes. Même chose dans les pays arabes. Et ailleurs encore.

Grecs, Arabes, en Chine aussi, et en Papouasie, et ailleurs, et ailleurs. Tout le monde ne peut pas se tromper.

« Dans certains endroits du monde, les pères pratiquent des fellations sur leurs enfants mâles, m'a expliqué le Vieux.

— Les pères ? » J'en revenais pas. Limite ça m'a dégoûté, un papa qui suce son fils, putain ! J'avais du mal à le croire, mais il m'a filé un bouquin, et c'était écrit noir sur blanc.

« Et ces gens ne sont pas malades, a fait le Vieux en souriant encore. C'est une question de culture, c'est tout. Il n'y a que les catholiques et plus globalement les judéo-chrétiens pour être hypocrites à ce point avec leurs instincts... »

Il m'a expliqué que, dans notre monde à nous, la seule fois où on avait assumé le fait de faire l'amour avec nos enfants c'était à l'époque de la colonisation du continent américain. « Il n'y avait pas assez de monde, il fallait peupler le territoire et aussi lutter contre les Indiens...

— Et alors ?

— Et alors, tout le monde a été d'accord : tout ce qui était en âge de procréer devait le faire. Et je peux te dire que pour certaines gamines l'âge de la procréation commence à huit ans ! » Il a ri.

« Tu veux dire...

— Je veux dire que, quand on en a besoin, on ne se gêne pas. Même les gentils citoyens des États-Unis ! J'ai ça, noir sur blanc, dans un livre ! »

J'ai avalé ma salive. « Alors... comment dire... il y a un bouquin où on explique qu'on fait ça aussi avec les gamines ? j'ai demandé.

— Il existe des ethnies, en Chine je crois, où ce genre de rites existent... »

Ethnies... rites... culture... judéo-chrétiens... Le Vieux sait des tas de trucs qui me dépassent. Il n'est pas seulement plein de tunes, il est aussi cultivé, et ça, mec, je me disais, ça, ça fait vraiment la différence.

« Et de toute façon, si tu regardes les choses d'un peu plus près, tu pourras remarquer que ce sont les enfants qui recherchent ce genre de rapport...

— Comment ça ?

— Freud explique très bien que les enfants sont des pervers polymorphes...

— Hein ?

— Les enfants sont très séducteurs ; ils cherchent l'affection des adultes. Il n'y a rien d'anormal à leur répondre...

— Tu veux dire que Dorothée voulait que... »

Je lui avais déjà longuement raconté mon histoire, Dorothée, sa mère, la prison, je lui avais parlé de tout ça.

« Dorothée voulait probablement que tu la caresses, oui.

— Mais, pendant mon procès ils ont dit que...

— La justice ! » a craché le Vieux. Des veines se sont mises à lui pousser sur tout le visage, la haine, des grosses veines. « Est-ce que tu sais seulement à quoi sert la justice ? »

J'ai réfléchi. « À protéger les gens.

— À les endormir, Simon... Pas les protéger, les endormir comme des bébés. À les bercer. Leur faire croire que le monde est meilleur qu'il n'est en vérité. » Il a ri. « La justice est pire que la religion ! »

Le Vieux avait des théories sur tout, pas de doute, c'était une bible sur jambes, un dico vivant. La justice, la politique, la religion, l'État, le peuple, la psychologie, les loups, les ogres et les hypocrites. Tout le monde baise tout le monde. Tout le monde se baise soi-même. Les gens, il disait, luttent depuis le début des temps contre eux-mêmes, et contre la seule chose qui compte vraiment : la liberté. Du reste, le vrai ennemi, c'est l'éducation...

« Une prison pour l'esprit ! »

Là-dessus, je comprenais pas mal ce qu'il voulait dire ; j'ai été assez nul à l'école, et j'ai jamais pu sentir un prof de ma vie (d'ailleurs, Prof, le nain dans *Blanche-Neige*, me donne envie de vomir, comme papa qui me fait la morale, et tous les donneurs de leçons en général : allez vous faire foutre !).

Le Vieux voulait changer tout ça.

« Une révolution ! Un véritable combat, c'est ça qu'il nous faut ! »

Il avait des projets grandioses : « Je veux une armée de gosses. Je veux des légions de gosses nus submergeant la terre entière d'amour et de vitalité ! Des gosses qui nous donneraient le baiser de la mort ! »

C'est probablement un des rares êtres humains avec qui j'ai ressenti ça, de la chaleur, de la vraie et authentique chaleur humaine.

Un feu ! Voilà ce qu'il était. Un feu de brousse rendu fou par le vent ! Un tourbillon d'étincelles qui mordent le ciel ! Et au milieu brille un soleil : son visage.

C'est l'effet du Vieux. Il éblouit sa victime. Il la prend dans ses rayons. Dans son regard tropical. Œil noir sur peau mate. Ce genre de regard qui prend possession de toi, un regard comme deux mains qui se ferment sur ton âme, des mains qui étreignent, des mains qui font de toi une poupée consentante, s'enfoncent dans ton corps et te manipulent comme la patte d'un chat manipule sa proie : sans te laisser la moindre chance.

5

Une grosse voiture, genre vaisseau spatial, une Galaxy-Mirage. Violette. Brillante. Les chromes. Tous les clients du Ô Burger ! ont tourné la tête quand elle est venue se garer sur le parking, juste en face de la baie vitrée. À qui est cette caisse, putain ! voilà ce qu'ont dû penser les clients. Vitres fumées, on voyait pas les passagers.

La portière s'est ouverte. Zoom sur les chaussures : cuir noir effet miroir. La pompe classe qui claque sur la chaussée, on se croirait dans une comédie musicale, claquettes et compagnie.

Il est sorti, il a refermé la portière nonchalamment, avec un geste de prince, de mec qui s'en fout, et il a poussé la porte du Ô Burger ! Stop ! Jusque-là, tous les gens présents étaient encore à peu près lucides, à peu près eux-mêmes, à peu près normaux. Jusque-là…

Il est entré dans le restau. Moi, j'étais là à faire le con déguisé en Jack'o, quand j'ai senti son parfum. Ça s'appelle *Ensorcellement* ou *Sorcier* ou je ne sais plus quoi.

C'était le Vieux. En chair. En os.

Il a traversé le restaurant avec cette allure de prince arabe, cette allure dansée volée flyée, ce pas qui flirte avec le sol, qui glisse, caresse. Le Vieux a cette démarche de l'ange qui pose le pied sur un nuage. L'ange Gabriel qui danse la rumba. La salsa. L'ange brésilien. Et pendant qu'il traversait tout le restaurant, on pouvait presque entendre se décrocher les mâchoires, mais aussi et surtout les cœurs, tous ces cœurs que j'imagine quitter les poitrines et se précipiter derrière lui comme les souris courent après le joueur de flûte, des cœurs rendus fous ! Le cœur des femmes ! Le cœur des enfants ! Et même des papas !

Tous, parents et enfants, le mataient bouche ouverte stupéfaite comme si c'était Jésus-Christ lui-même traversant le Ô Burger ! Comme un Jésus venu partager un Cheeseburger avec ses disciples. Amen ! On pouvait presque entendre les cloches. Alléluia ! Gloria ! Les cloches dans la tête des gens. Pauvres cloches !

Il s'est arrêté à la caisse, il a commandé, et la caissière, une Black, l'a regardé comme si c'était Dieu sur terre, avec cette vénération des chrétiens devant leur idole.

« Un Soda Boum », il a demandé.

Et là, j'ai senti *la chaleur* de ses mots, je l'ai senti *littéralement* me pénétrer. Ce type irradie ! Il te bombarde aux UV ! Il te met en transe photosynthétique !

Pendant un moment, j'ai presque cru que la nana de la caisse allait lui rouler une pelle tant elle approchait son visage du sien, tant elle tendait sa bouche vers lui. Mais il l'a dédaignée, il est allé s'asseoir à une table bien visible de tous, comme un roi, du genre : je vais trôner et c'est normal, regardez-moi je suis sans complexe, je suis beau, le plus beau, et vous me devez obéissance, soumission, amour, oui, l'amour le plus aveugle.

Je me suis approché de lui, dans mon costume de souris géante. Qu'est-ce que tu fous là ? j'ai voulu lui demander, au lieu de quoi j'ai murmuré : « Ça va ? »

J'ai presque failli ajouter : « Maître. » Et j'ai presque failli me mettre à genoux, embrasser sa main, lui lécher les pompes. Chercher sa chaleur. Son amour. C'était ça, l'effet du Vieux. De sa voix. De toute sa personne.

« Ça va ? j'ai répété.

— J'ai faim... » Sa voix a sonné rauque et basse, comme venue d'un souterrain.

« Qu'est-ce que vous voulez ?

— Je veux un brun...

— Pardon ? »

Le Vieux m'a fixé, et son sourire s'est élargi, élargi. « Je veux le petit brun, là-bas, troisième table en partant de la gauche... »

NE PAS BOUGER !

NE PAS SE RETOURNER !

Je suis : glacé gelé congelé ! NE PAS SE RETOURNER ! Je suis : sous le zéro absolu ! Je suis : dans l'ère glaciaire ! NE PAS BOUGER ! Je me sens manchot. Je suis : un pingouin ! Un pingouin pris entre les pattes d'un ours polaire qui me montre ses dents, un ours affamé !

MAIS QU'EST-CE QUI LUI PREND, BON DIEU !

Le Vieux : « Le gosse, là-bas, il a des origines arabes ou indiennes, non ? Ou un petit Pakistanais, c'est ça... ? » Pause. « Bon Dieu, j'adore les petits Orientaux ! Leur peau ! Quel délice ! »

ARRÊTE ÇA !

« Alors, Jack'o, tu vas me le chercher ou j'y vais moi-même ? » Il a ri.

TU SAIS CE QU'ON FAIT AUX PÉDOPHILES... ?

J'ai avalé ma salive, péniblement. « Pas ici...

— Si, si ! Ici ! Maintenant ! Hic et Nunc ! »

... ON LEUR COUPE LES COUILLES !

« Pas possible...

— Tout est possible, Simon. » Il a élevé la voix, presque crié. « Regarde, Simon, regarde-moi bien. »

Le Vieux s'est levé, j'ai pas pu le retenir, j'ai même pas essayé, bougé la main, le bras, rien, j'ai rien fait, et il s'est dirigé vers la table où il y avait cette famille de Pakistanais ou d'Indiens, j'en sais rien, la mère dans son tchador, le père à la moustache, et les trois gosses. Dans le lot, il y avait un petit garçon magnifique... ! Une vraie poupée ! Dix, onze ans maxi. Les yeux soulignés en pointillé avec du khôl. Pupille ébène, œil d'albâtre. Visage miel. Une petite abeille ! Un bijou ! On porterait volontiers son visage en médaillon sur le cœur ! Un ange ! Un ange musulman ! Musulmange-moi !

Le Vieux l'avait dans le collimateur. Il s'est planté devant la table avec son look de Lord, son air de saint pervers, et il a dit : « Votre fils est tout simplement... magnifique ! »

Miss Mama Tchador a répondu par un sourire tremblant. Mister Papa Moustache a timidement froncé les sourcils, du genre : je ne comprends pas. Le gosse, lui, était déjà sous le charme. Il fixait le Vieux comme Mowgli fixe les yeux tourbillonnants de Kaa, le serpent du *Livre de la jungle*. Les yeux du Vieux le tenaient déjà, lui disaient déjà, sans même le regarder : je suis le bon génie, le magicien, je suis Merlin l'enchanteur, je suis ton ami. Je suis ton toit. Ta maison. Ton vaisseau. Ton bateau. Je suis ta tétée. Ta papa. Ton maman. Grâce à moi, tous tes rêves les plus secrets s'accomplissent. Grâce à moi, fini les punitions. Grâce à moi, il n'y aura jamais plus que des câlins. Des douceurs. Baisers sucrés. Papa gâteau ! Papa tout beau ! Papa super plus ! Mama t'es beau ! Super héros ! Viens donc faire un gros câlin avec moi, viens sur ma planète, rejoins-moi dans mon univers. Come on and visit the pleasure dome. Welcome. Wilkomen. Bienvenue.

Voilà tout ce que peuvent dire les yeux du Vieux. Voilà comment ils te prennent au piège. Voilà leur magie. Leur force. Leur pouvoir. Le magicien d'Oz. L'Ozcar du meilleur film pédophile de l'année ! Attention, toutes et tous, le Vieux est de retour, plus beau en diable que jamais !

Le Vieux a sorti une carte de visite, il l'a collée sous le nez de Mister Papa Moustache, et il lui a dit (texto, le salaud !) : « Je cherche des enfants comme le vôtre... »

M. Papa Moustache a examiné la carte. Recto. Ses sourcils ont lentement commencé à lâcher prise. Verso. Il s'est détendu. « Cinéma ? » il a demandé au Vieux. Et comme le Vieux ne répondait pas, il a ajouté : « Vous producteur ? Directeur ? Casting ? »

Miss Mama Tchador souriait toujours, ce genre de sourire que peuvent avoir les étrangers qui ne parlent pas un mot de la langue, qui sont vraiment paumés sur le sol national, et qui compensent par des expressions de paix et de sympathie.

« Vous voulez mon fils ? » a continué M. Papa Moustache.

Le Vieux n'a pas répondu ; il a juste sorti six très gros billets et les a posés sur la table, un à un, avec des grands gestes et le sourire. Les yeux du père se sont arrondis, et arrondis. La mère s'est reculée, comme brûlée. Son sourire brisé tué calciné.

J'ai retenu un cri. Il veut nous faire enfermer.

« Je veux passer une demi-heure avec votre fils... rien qu'une petite demi-heure... », a fini par lâcher le Vieux, en souriant à M. Papa Moustache.

Là, Miss Mama Tchador a ouvert la bouche. Un tout

petit peu, d'abord. Vraiment un tout petit peu. Seul un chien à l'ouïe bien entraînée aurait pu percevoir le cri subsonique, le hurlement de terreur muet de cette bouche de mère. Sa bouche a grandi, et grandi, un trou noir, une fosse, un puits sans fin relié à son cœur, connecté sur son dégoût, sa haine. Faut que ça sorte ! Un cri ! Un appel au loup ! Au monstre ! À l'aide !

Mais M. Papa Moustache a brusquement saisi la main de sa femme et le hurlement n'est pas venu, et il a plongé ses yeux noirs dans ceux du Vieux. « Quinze minutes... », il a murmuré. « Pas plus... »

Il y a eu un instant d'hésitation. Au moment de livrer son fils au Vieux, le père a hésité, merde qu'est-ce que je fous, moi ? ses doigts semblaient ne plus vouloir lâcher la main de son gosse, il se cramponnait.

Heureusement : le Vieux a fait un sourire dollars. Un sourire fric. Il a glissé un nouveau billet dans la main libre du père.

« Ça ira comme ça ? »

Il y a eu un blanc, puis le Vieux a sorti encore un billet, comme un magicien, et le père a secoué la tête, oui, oui, ça ira, et ses doigts ont fini par se dénouer lentement, laissé glisser la main de son fils, vas-y bébé, laisse papa, va avec le monsieur, et le gosse a dit qu'il avait pas fini son hamburger, les yeux tristes, mais le père lui a donné une bonne poussée dans le dos ; et après, tout s'est bien passé, pas de problème.

J'ai eu peur mais ça ne s'est pas passé comme avec Dorothée, personne n'a fait d'histoires, ni le père, ni la mère, ni le gosse, ni personne. Le père a même fait le guet devant la porte des chiottes où le Vieux est allé s'enfermer avec le gosse. La mère a un peu pleuré mais discrètement : dans son tchador. J'ai monté le volume de la musique. Personne n'est allé aux chiottes pendant ce temps. Certains ont vraiment plus de bol que d'autres.

« Je déteste payer les parents. C'est vraiment ça que je déteste le plus…, a fait le Vieux. S'il n'y avait pas de parents, les choses seraient plus saines, plus… propres. Ce sont eux, les parents, qui salissent l'amour… ils en font une chose fade, et diminuée, et triste… »

Le Vieux m'a regardé, il souriait, mais un sourire un peu triste, comme une déception ou quelque chose du même genre.

« C'était pas bien ? j'ai demandé.

— Si. Mais ce serait tellement mieux sans les parents. Tellement plus beau, plus doux, plus pur, plus romantique !

— Dans la vie, quand il y a des enfants, il y a toujours des parents pas loin… », j'ai fait. C'était ma phrase philosophique du jour.

Long silence, puis le Vieux m'a juste dit, avec un éclair dans l'œil :

« C'est pour ça qu'il faut changer la vie… »

6

Mon psy, lui, ne me dit pas de changer la *vie*. Il me conseille de changer de *moi*.

« Je comprends pas bien ce que vous dites… », je fais.

« Il faut *sublimer.* »

Mais de quoi parle ce mec ? On est de la même planète ou quoi ? *Sublimer. Changer de moi.* C'est quoi cette langue ? Ils auraient dû me donner un traducteur avec leur *programme spécial.* Décodeur pour CanalPsy, SVP ! Sublimer. Sublimer. Le mot glissait en moi, un ver de terre, un lombric. Sifflement de la langue. Sssublimer. Suce-blime toi-même !

Mon psy : « Vos orientations sexuelles, Simon…

— Quoi, mes orientations sexuelles… ?

— Changez-les. »

Je suis sorti de là, la tête néantifiée. Sublimer… Changer… Je me suis mis à marcher dans la rue, complètement au hasard, et je me suis retrouvé devant la grille du jardin public. Plus loin, il y avait le bac à sable. Les gosses…

Tu parles d'un changement…

Sublimer, changer mes orientations sexuelles, j'ai commencé à faire demi-tour, casse-toi, lâche l'affaire, mais je n'ai pas pu, toujours cette force en moi, une aiguille de boussole, un aimant à enfant, je suis rentré dans le jardin public ; je ne pouvais pas m'échapper. Le destin est une merde qui te colle aux semelles. Un code-barres sur ton ADN ; tu passes devant une gamine et ça bipe. Monsieur, vous êtes pédophile, non ? Bien sûr, vous n'avez pas entendu la sonnerie...

Et puis, challenge, je me suis dit : Est-ce que tu pourrais pas changer, là, tout de suite ? Est-ce que tu pourrais pas sublimer ? Est-ce que tu peux résister à la tentation ?

Bandera ou bandera pas... ?

C'était l'heure pleine. Il y avait des gosses partout dans le jardin, qui couraient dans tous les sens.

Je suis entré, j'ai franchi la grille...

J'essayais de pas trop mater les gosses. D'y aller mollo, progressif, amigo, en douceur, ne te mets pas tout de suite en face de ce que TU DÉSIRES PLUS QUE TOUT AU MONDE !

J'ai commencé par les petits garçons : de ce côté, confirmation : je n'ai pas changé, les petits garçons ne m'intéressent pas. Rien. Mon organe sexuel n'éprouve pas d'émoi. Et moi non plus. Quelques picotements tout au plus. Excellent.

Voyons côté sexe faible, maintenant...

D'abord, de loin ; je balance un coup de télœilscope. Fillette à trois heures !

Rouquine. Neuf ans. Rougeaude. Je ne bande pas. Et oui, mais ça ne compte pas mon vieux : t'aimes pas les rouquines !

Ok...

C'est bon...

Coup de cinémascope à droite, rien, puis à gauche...

et là, je tombe en arrêt sur une vraie petite miniature importée du Pays des Merveilles : Une Alice !

Vraie Blonde !

Vraie Bombe !

Au secours ! À moi !

Elle est encore loin dans mon objectif, et même en zoomant de l'œil droit (celui où j'ai 10/10), je ne la vois pas assez distinctement pour vraiment me mettre à saliver.

Donc : je tente une approche.

Je passe juste devant un vieux dégoûtant qui achète l'amour de pigeons en leur jetant des miettes de pain. Homme vénal ! Maquereau ! Le vieillard grouille d'oiseaux, il en a partout autour de lui et même sur lui. Je l'entends qui répète : « Venez mes petits, venez. » L'obsédé !

Je le dépasse.

Ma fillette-test est là, à quelques mètres... Et je ne suis toujours pas excité.

Zéro.

Rien.

Est-ce que c'est ça la sublimation, le miracle annoncé par mon psy ? Est-ce que je suis en train de changer, là, en live ?

Rien ne se passe, en effet, et pourtant elle est belle. Très belle. Elle me plaît à fond. Et d'ailleurs je l'imagine déjà à poil, elle doit être vraiment canon, une peau de pêche, douceur de chez douceur ! Je lui mettrais bien une langue...

Stop !

Stop, Simon ! Arrête ça immédiatement ! T'es dingue ou quoi ? Tu cherches vraiment à la choper, cette érection... ?

Arrête, voyons... Contrôle-toi...

Objectif : calmer les zones érogènes de mon cortex. Douche froide pour mes hormones, SVP.

Je ferme les yeux, fini, on fait tomber les deux paupières, le rideau de fer, le spectacle est fini, merci, et je parviens à faire mollir le sexe — ô tristesse !

Et me voilà donc mou, et fier. Fier d'avoir résisté. D'avoir sublimé, changé, évolué. Alléluia, je suis guéri ! Je suis un autre homme !

« Qu'est-ce que vous faites avec ma fille ? »

La voix me brise en plein élan.

Je tourne la tête. Entrouvrant les yeux. La voix appartient à une femme, la trentaine, elle pourrait être jolie, elle a les sourcils qui alternent méfiance et étonnement.

Elle répète, avec un rugissement sourd en arrière-plan, dans sa voix : « Qu'est-ce que vous foutez avec ma fille ! »

Et ce n'est plus une question. Ça sonne plutôt comme une menace, l'annonce d'un orage thermonucléaire. Dégage, espèce de taré, ou je te bombe. Je te napalmise.

Là, j'ouvre grands les yeux et, à mon tour complètement étonné, je m'aperçois que je suis collé à la gamine et que mes mains — ces putes ! — sont sur son cou, et caressent sa peau, machinalement.

Je bégaye : « Je suis en train de me livrer à, euh, une expérience...

— Obsédé !

— C'est pas du tout ce que vous croyez !

— Salaud !

— Écoutez, il y a erreur. C'est mon psy qui m'a conseillé de faire ça, vous voyez ? Je, euh, je sublime, ok, pas de mal... »

Mais la voilà qui commence à gueuler, hurler, à me

balancer des coups, sale pédophile, sale ordure de pédophile, monstre, ogre, enculé, je ne me rappelle pas tous les mots qui jaillissaient de son mufle, mais ça n'arrêtait plus, et moi j'étais paralysé, et puis il y a eu d'autres mères qui sont apparues, sans crier gare, j'avais même pas vu qu'elles traînaient dans le coin, aussi près, mais elles étaient toutes là, un vrai troupeau, mais pas de brebis. De bisons.

« Obsédé !

— Pédophile !

— Violeur ! »

Des graviers ont commencé à me pleuvoir dessus. Lapidation ! Lapidons-le ! J'ai décroché, je suis parti avant les cailloux, changer, sublimer, tu parles, les gens ne veulent pas qu'on change. Pas de présomption d'innocence.

Pédo un jour, pédo toujours.

II

Quand j'étais chanteur

7

La Galaxy-Mirage du Vieux s'est arrêtée devant chez moi. Je jardinais. Planter des fleurs. Des légumes. Retourner la terre. Labourer l'air. Tout ça. Cultiver son jardin, quoi. Vive la nature. Ça occupe. Je peux rester des heures à regarder une rose. Mieux qu'un cachet de Calmax 5 mg. Mieux que les pilules de mon psy.

Le Vieux est resté dans sa voiture, il a juste baissé la vitre électrique, il s'est accoudé et il m'a regardé, j'étais à quatre pattes dans la boue. J'ai senti son parfum, pardessus celui de la terre. Par-dessus tous les autres. Son parfum qui recouvrait tout, qui transformait tout ce qu'il enveloppait. Même moi.

« Je t'emmène dîner en ville », a dit le Vieux.

Super excité, je suis allé me laver les mains, dans la caravane, je me suis retrouvé devant ma moitié de miroir fêlé, je voyais qu'une moitié de ma gueule. Négligé. Je me suis peigné, arrange ça. C'est mieux. Faut lui faire honneur. Sois classe un peu. Le peigne s'est cassé dans ma main. J'ai regardé mes ongles, noirs, pleins de terre, quel péquenaud je fais.

Coup de klaxon, j'ai foncé vers la voiture, quel pied, quand je me suis assis à côté de lui, fauteuil en cuir blanc, tableau de bord en bois rouge, laqué, la classe, super classe. Je me suis enfoncé dans le fauteuil, ou-ha, le rêve, mieux que mon plumard.

Le Vieux ne démarrait pas. Il m'a dit : « Tu n'as rien d'autre à te mettre sur le dos ? »

Je me suis vu dans le rétro, mon col de chemise jauni, mon pull effilé, mon pantalon froissé, j'ai regardé mes godasses pleines de boue, je me suis fait honte. Le Vieux a ri : « Ce n'est pas comme ça que nous allons te trouver une Alice, Simon... »

J'ai baissé les yeux, j'étais rouge. Honte. Le Vieux m'a touché la main, un coup de baguette magique, il m'a dit que c'était pas grave, on allait me trouver quelque chose en ville. Il m'a emmené dans une boutique super chic, avec des gens qui te reçoivent, prennent tes mesures, qui t'offrent le café, te donnent du monsieur, du quelle élégance naturelle, des mecs qui regardent le Vieux comme si c'était Dieu en personne. Les types me tournaient autour comme des abeilles. « Tout vous va si bien », ils disaient à chaque fois que le Vieux me faisait essayer un autre costard. Finalement on s'est décidé pour un smoking, avec nœud papillon. J'avais jamais porté ça de ma vie. Et jamais j'avais imaginé qu'un jour ça m'arriverait d'être aussi beau. « Monsieur est splendide », a dit un tailleur en me palpant les pectoraux au passage, et ça m'a énervé parce que j'aime pas trop les pédés. Comme j'étais avec le Vieux, ne pas lui faire honte, je suis resté cool, j'ai fermé ma gueule, juste montré les dents, je te mords si tu recommences. Il a compris. Il a disparu. Le Vieux a sorti sa Carte Platine. J'ai pas vu le prix.

On a repris la voiture, je laissais exprès ma vitre ouverte pour que tout le monde puisse me voir, c'était super marrant, Simon en smoking brillant, le citoyen modèle, clean, j'avais l'impression de défiler. Peau neuve. Je ne suis plus le criminel. L'impression de briller comme une boule à facettes. Immaculé. Comme un casier judiciaire vierge.

Un restaurant chic, avec un salon privé, une seule table ronde, lustre au plafond, guirlande de cristal, l'or sur les murs, le bois précieux, les assiettes en faïence, le visage brillant des convives, des amis du Vieux, leurs yeux dollars, leur sourire diamant, les riches sont beaux, ils sentent bon.

J'étais super heureux d'être là, d'avoir été invité à ce dîner, je voulais que ça dure, je bouffais beaucoup, je finissais tous les plats, et il y en avait, mise en bouche, entrée, intermède, plat, plat, fromages, desserts, pas comme dans ma caravane où il y a que des conserves. Mange, Simon. Mange. J'essayais de pas trop ouvrir la bouche, mes dents jaunes, le tartre, leurs dents à eux sont blanches.

Le Vieux parlait. « Le monde ne tourne pas rond, il disait. Vous savez ce qu'ils font maintenant dans les piscines municipales ? Ils séparent les gosses des adultes. Il y a des horaires pour les uns, des horaires pour les autres, pas les mêmes.

— C'est triste, a dit un type, un gros qui portait des lunettes. Le monde est devenu une calamité. Même les enfants ne se tiennent plus, ils veulent toujours plus. Plus de cadeaux. Plus d'habits de marque. Plus de fric. À mon époque, ils n'étaient pas aussi matérialistes. Aujourd'hui ils sont complètement pourris gâtés. L'ère de l'enfant unique. Rare. Insupportable. Les enfants eux-mêmes ne croient plus à l'amour. » Le gros type m'a regardé, je lui ai souri, tout à fait d'accord.

« Exactement, a dit le Vieux. Et il n'y a qu'un remède à ça, et on le connaît tous : une bonne éducation. »

Le champagne est arrivé à ce moment-là. J'ai bu un verre. Deux. Ça se boit vite. Trois. Quatre. Des bulles se sont mises à danser dans mes yeux. J'entendais plus que la moitié des mots. Ça parlait dans tous les sens. L'éducation des enfants. Voilà ce qui les travaillait, tous ces types réunis autour de la table. Époque trop matérialiste.

Un autre type, mince, qui sentait bon a dit que c'était la faute de la TV, toutes les merdes qui passent maintenant, violentes, obscènes, la TV déforme tout, elle remplit la tête des gosses avec des conneries, et celle des parents aussi, a dit le gros en me jetant un coup d'œil. Moi, je buvais du champagne, sans participer à la conversation, personne me demandait mon avis, j'en avais pas vraiment, je suis pas un intellectuel, je réfléchis pas à ces choses-là, l'éducation, la TV, le monde moderne, l'ère de l'enfant unique, l'enfant roi. Le plat est arrivé, des cailles aux raisins sur lit de foie gras, jamais mangé ça, comment on fait ? je me suis dit. Peur d'esquinter le petit oiseau dans mon assiette.

« C'est bien de se plaindre, a dit un autre type, un chauve. Mais que fait-on contre ça ? Hein ? Que fait-on pour remettre cette époque sur les rails ? »

Il y a eu un silence, j'avais le nez dans mon assiette, j'essayais de découper ma caille, les petites ailes, les cuisses tendres, ça tombait en morceaux, je savais pas comment m'y prendre, trop délicat cet oiseau, et puis brusquement j'ai senti que des regards pesaient sur moi si bien que j'ai levé les yeux.

Ils me mataient tous.

« Qu'est-ce que tu en penses, toi, Simon ? » m'a demandé le Vieux, au bout d'un moment.

L'époque, les rails, j'en pensais rien, pris à froid, comme ça, aucune idée. J'ai dit une phrase stupide. J'ai dit : « Vous avez qu'à faire de la pub, les gens croient la pub. De la pub pour vos idées. » Vraiment stupide.

Mais le gros à lunettes m'a souri. « Bonne idée, il a dit. Quoiqu'un peu risqué. Au sens légal, je veux dire... »

Ils ont tous éclaté de rire. Je comprenais pas.

Quelqu'un a murmuré : « Incitation à la pédophilie. On risque quoi ? »

Mais le Vieux est intervenu, il a tapé de la main sur la table. « Très bonne idée au contraire. On doit nous aussi mettre nos idées dans la tête des gens. »

Faire un film, ils ont dit. Un film pour dire que l'amour libre entre une enfant et un adulte, c'est bien. Ça les faisait tous marrer cette idée. Un film. Ils se poilaient vraiment, des vrais gosses. J'ai pris la caille entre mes doigts, avec le couteau et la fourchette je pouvais plus, mes doigts se sont enfoncés dans la chair.

« Une comédie musicale ! a dit le Vieux. Produisons une comédie musicale. Un grand show. Les gens adorent les comédies musicales ! Et surtout les gosses !

— *La Belle au bois dormant* », a dit le gros avec des lunettes. Il s'est tourné vers moi : « J'adore *La Belle au bois dormant*. C'est un bon modèle à suivre pour les enfants. Toujours calme. Douce. Un peu passive, c'est vrai, mais tellement facile. » Puis : « À mon âge, il est plus difficile de courir après un enfant que caresser son corps endormi. »

Ils ont ri.

« *Le Petit Chaperon rouge.*

— Trop violent.
— *Peter Pan.*
— Excellent !
— C'est pas tellement pédophile.
— Tu plaisantes. Tel quel, c'est un drame passionnel entre un capitaine estropié, Crochet, et Peter Pan qui ne veut pas grandir. Génial au contraire.
— La fin est trop triste, a dit le gros avec des lunettes.
— D'accord, on change la fin. Le crocodile ne mange pas le capitaine, Clochette et Wendy sont envoyées dans un pensionnat en Belgique et Crochet part avec Peter Pan en croisière à Honolulu.
— On pourrait aussi émailler le texte de messages subliminaux, a suggéré le chauve.
— Mettre une scène d'amour !
— C'est légal, ça ?
— Une scène d'amour *tendre*. Juste quelques petits bisous. Des câlins. Rien de trop.
— C'est risqué.
— Justement. C'est subversif.
— Qui va prendre le risque de jouer dans une comédie comme ça ? Aucun acteur professionnel ne va accepter de jouer dans notre version hard de *Peter Pan*... »

Silence, et puis, un à un les regards se sont tournés vers moi, et le Vieux a dit :

« Tu sais chanter, Simon ? »

Impossible, j'ai expliqué au Vieux pendant qu'il me ramenait à la caravane. Complètement impossible. C'est gentil de penser à moi, tout ça, gentil de m'habiller en smoking, super dîner, rigolo, gentil de vouloir faire de moi quelqu'un d'autre, une star, mais je suis en liberté surveillée. Le programme spécial. Le psy. Les flics. La caravane. La justice. Et puis je ne sais pas chanter.

Pour ça, m'a dit le Vieux, pas de problème. On fait en play-back. Et pour la justice non plus, il a dit. Le copain gros avec les lunettes, celui qui aime *La Belle au bois dormant*, c'est un juge. Il va égarer ton dossier. Ça arrive souvent. Très souvent. On demande un dossier à un collègue, il n'arrive jamais à destination, et voilà, fini Simon le pédophile, Simon envolé, casier vierge, un coup de baguette magique, plus de programme spécial, un autre coup de baguette, et « hop » fini le psy, analyse-toi le trou du cul tout seul, maintenant ! Fini le pornogramme spécial pour malade ! Fini tout ça !

8

« Pour être une star, disait le Vieux, il faut avoir un nom de star. »

C'était LE premier commandement.

Le Vieux a choisi Dany King, il trouvait ça sympa, proche des enfants, inoffensif. Moi, j'ai trouvé ça chouette, parce qu'il y avait le mot King, roi, être dans la peau d'un roi. Être couronné. Le pied.

LE deuxième commandement c'était : « Il te faut une allure de star. Tu as une bonne base. Belle gueule. C'est très important. On ne suspecte jamais les gens beaux. Yeux de chien battu, c'est fondamental pour attendrir. Abdos. Pectoraux. C'est parfait si tu fais encore du sport… »

Le Vieux m'a installé chez lui, il a commencé à me faire suivre un régime spécial, mes entraînements sportifs ont été multipliés, et j'ai même eu droit à un coach qui s'appelait Charles-de-Gaulle-Étoile. Ancien Haltérophile. 50 % Arménien. 40 % Kirghize. 10 % Whisky. Nom de baptême : Vasken. Reconverti : Charles-de-Gaulle-Étoile. 1,60 m. 90 kilos de muscle. Caucase Trooper.

À cette époque, le profil star c'était LE balèze, mais avec gueule de salope, et yeux de biche, histoire de plaire à quasi tout le monde. Papa. Maman. Tata. Tonton. Hétéros. Homos. Lesbos. Papi. Mamie. Larbins. Maîtres. S.M. la Reine d'Angleterre. Le Pape. Wall Street. Le FMI. Le Comité d'Éthique. La Banque Mondiale. Les Pauvres. Les Riches. Les Écolos. Il fallait que tout le monde m'aime. « Tu dois être un nouveau Gandhi, mais mixé avec du Cassius Clay, et saupoudré de Pacino. » (LE troisième commandement du Vieux.)

J'ai appris à danser comme une star. À marcher comme une star : toujours planer quelques millimètres subliminaux au-dessus des autres. À regarder comme une star : l'œil qui embrasse tout d'un coup et met le feu au cœur ET aux petites culottes, l'œil qui pyrotechnise en profondeur. Il faut savoir faire l'amour à son public d'un simple regard, lui faire sentir qu'on l'AIME, qu'on le DÉSIRE plus que tout. Je devais aussi apprendre à bien parler, à articuler, apprendre à bouger mes mains, les muscles de mon visage, apprendre, apprendre, sans arrêt apprendre.

Et quand j'en avais marre, et que je lâchais l'affaire à peine une heure, Charles-de-Gaulle-Étoile se ramenait et commençait à me bousculer. En douceur, généralement, mais avec un regard qui ne trompe pas. La prochaine fois, je t'explose. Voilà ce que disaient ses yeux.

Je l'ai dit au Vieux.

Il m'a répondu : « Je sais, Charles-de-Gaulle-Étoile fait chier. Je vais lui dire de se calmer. C'est son côté cosaque, j'imagine. »

Mais Charles-de-Gaulle-Étoile ne s'est pas calmé. Il me gueulait tout le temps dans les oreilles. Je me demandais si j'allais pas péter les plombs, mais non, non, le Vieux me rattrapait toujours : « Pense à toutes les fans que tu vas avoir, Dany (il ne m'appelait plus que Dany, maintenant). Pense à toutes les Alice... »

Pour me faire connaître du public, des médias, de tout le monde, le Vieux m'a envoyé sur une émission TV qui s'appelait *Space Therapy*. 100 000 candidats, 10 retenus. Sélection drastique, mais pas pour moi : la productrice de l'émission était une copine du Vieux. Sélectionné d'emblée.

Principe de l'émission : une dizaine de candidats inconnus, monsieur et madame tout le monde, sont enfermés pendant cinq mois dans une espèce d'appartement sans fenêtre, sans porte, juste des sas pour passer d'une pièce à l'autre, style base orbitale. L'horreurbitale !

Conditions de vie spatiale.

Une fois par semaine, l'oxygène est coupé, on vit en combi, avec les bouteilles. D'autres fois, la gravité augmente. Écrasement. D'autres fois, c'est l'inverse. On flotte. Tout ça pour mettre les candidats dans des conditions de dingue.

Ceux qui craquent sont virés immédiatement.

Le dernier a gagné.

Et il ne peut en rester qu'un !

Premier prix : Fric... Célébrité... Gloire d'être un rat de labo... Génial !

Des caméras microscopiques nous espionnent sans cesse. Elles sont tellement mini qu'elles traquent nos secrets jusque dans nos corps, dans mon foie, dans mon cul, partout, et peuvent filmer nos coups de stress, et nos ajustement hormonaux en direct (live). Le public sait même avant moi si je vais piquer une crise, si j'ai envie d'aller aux chiottes ou n'importe quoi. Des micros nous harcèlent de questions super perso sur notre vie, sur notre famille, nos amis, nos ennemis, nos goûts, nos fantasmes, nos haines, comment tu te branles, montre-nous ta bite, etc.

Quels souvenirs de cette émission ?

Au bout d'un mois, un des candidats a pété les plombs, il a essayé de se suicider en arrachant son casque, et sa combinaison, alors qu'il y avait plus d'air dans la station. Je me souviens du mouvement des caméras, toutes pointées sur lui, de nos efforts pour qu'il ne se tue pas, et des micros qui répétaient la même question : « Pourquoi tu nous dis pas où ça fait mal, mec ? »

Une autre fois, j'ai pleuré. De vraies larmes. Je ne sais plus à quoi je pensais. J'ai pleuré, et des tas de gens ont vu mes larmes. Et j'ai gagné. Et pourtant, l'entraînement de Charles-de-Gaulle-Étoile ne m'avait pas vraiment rendu gentil.

Et le jour où j'ai su que j'allais gagner, je me suis foutu en gros plan devant une caméra, et je suis resté planté là, une très longue minute, avec le mot suspendu au bout de mes lèvres : *pédophile*.

Je suis un gros pédophile... J'avais envie de le gueuler. Le hurler.

Écoute-moi bien, public, tu as élu un monstre qui rêve de ta fille jour et nuit !

Public, tu es fou !

« L'ennemi public numéro un, c'est le public », disait le Vieux.

Et je me souviens aussi, à la sortie, le dernier jour, de la productrice qui m'a pris dans ses bras, et qui m'a soufflé à l'oreille, pendant que tout le plateau et tous les gens réunis applaudissaient :

« Vous avez été super, splendide, magnifique, vous avez l'air tellement vrai, tellement ému, tellement... *torturé.* »

TORTURÉ.

Pour être une star cette année-là, il fallait avoir l'air TOR-TU-RÉ.

Applaudissez le torturé, SVP, merci.

La productrice m'a fait passer une interview en direct, pour témoigner. Toute la France collée aux écrans de TV. Venez voir le torturé, SVP !

« Qu'as-tu ressenti, Dany ? » elle m'a demandé.

(Dire en mots simples ce qu'on est censé avoir éprouvé — Le Vieux, leçon n° 1.)

« C'était super dur, j'ai répondu. J'ai vraiment failli craquer.

— Quand ? »

(Exhiber sa fragilité — leçon n° 2.)

« *Au début*, quand Ben (c'est le type qui s'est suicidé en arrachant le casque de sa combi) a craqué... »

(Laisser échapper une larme — leçon n° 3.)

(Si pas possible, avoir, au moins, les yeux humides — leçon n° 3 bis.)

La productrice, vers les caméras : « Oui. Ça a été un moment super dur. Est-ce qu'on peut revoir les images, SVP, pour ne jamais plus les oublier... »

Rediffusion du moment où Ben meurt.

Ses contorsions.

Sa bouche tordue par manque d'air.

Ses yeux exorbités.

Sa langue sèche et énorme qui semble couler d'entre ses lèvres.

Son corps explose.

Les tripes giclent.

Des morceaux de cerveau.

Stop.

On revient sur le plateau, gros plan sur la productrice qui demande à Dany : « Et maintenant, tu te sens comment ? »

Plan qui se resserre sur Dany qui se détend un peu. « Soulagé. Plus grand. Plus sûr. Reconnaissant aussi…

— Reconnaissant… Reconnaissant pour quoi, Dany ? »

(Être modeste — leçon n° 4.)

Dany, murmurant presque, sur un ton hyper confident : « Reconnaissant pour ma chance. Pour mes amis. Pour la vie.

— Tu as des projets après *Space Therapy*… ?

— Participer à une comédie musicale !

— Super cool, Dany ! On te souhaite tout plein de réussite ! »

(S'imposer dès que l'occasion se présente — leçon n° 5.)

Dany demande : « Je peux chanter ? »

La productrice : « Là ? Tout de suite ? » Pause. « On n'est pas vraiment équipés, Dany. On n'a pas de musiciens… »

(Opter pour une attitude positive, sourire — leçon n° 6.)

Dany : « J'ai juste besoin d'un micro. »

La productrice hésite, elle jette un œil en coulisse, entrevoit un type qui lui fait un geste, elle passe le micro à Dany.

(Leçon n° 7 : Et c'est là, c'est à ce moment que se joue 90 % du boulot ! Là tu ne dois pas chanter bien, mais chanter profond ! Tu dois y aller avec les tripes, avec le bas du ventre ! Te lâcher complètement ! T'abandonner ! Te livrer aux spectateurs comme si tu étais encore dans la station spatiale, mais seul, tout seul, personne sur qui t'appuyer sinon toi-même !)

C'est comme ça que j'ai chanté.

J'ai fait ça, j'ai pensé aux six mois passés dans ce trou avec caméras et micros, combi spatiale, et j'ai pensé à mon entraînement, à Charles-de-Gaulle-Étoile, j'ai pensé à l'époque où j'étais en prison, à mon procès, aux flics, et mes pensées me sont descendues dans la bouche, la gorge.

La productrice en avait les larmes aux yeux. Et tous les gens réunis sur le plateau aussi. Et tous les spectateurs qui mataient leur TV. La planète France chialait pour moi. Pour le pédophile torturé. Et le Vieux jubilait.

9

Avant j'étais une merde, aujourd'hui je suis de l'or. Une star ! Amen ! Dieu existe ; il existe et j'ai rencontré son meilleur copain : c'est le Vieux. Le faiseur de miracles. On devrait tous avoir le pote de Dieu avec soi, parce qu'il te transforme, il t'emmène partout en Galaxy-Mirage, en hélico parfois ou en jet privé. Il a des copains riches. Les riches l'aiment. Il connaît tout de leurs âmes, de leurs désirs. Il a la clef de leur subconscient. Le code barres de leurs pulsions. Il sait faire rêver le monde.

Un jour, en me montrant le ciel étoilé, il m'a dit : « Là-haut, il y a Mars. On dit que c'est la planète qui ressemble le plus à la nôtre. Un jour, on pourra peut-être y vivre. Ça ne te donne pas envie ?

— Si la pédophilie est légale...

— Elle le sera, crois-moi.

— On sera mort d'ici là.

— Hors de question ! Je finance un programme de recherche sur la planète Mars...

— Sans blague ?

— Et si tu relis ton contrat, tu pourras voir toi-même qu'une partie de ton salaire t'est versé en actions d'une petite entreprise, Mars S.A., laquelle investit 10 % du total des fonds consacrés à la recherche martienne... Et donc, ça me donne déjà, dès aujourd'hui, 10 % des droits sur le territoire de la planète. »

C'était ça le Vieux : « Si on n'arrive pas à faire le paradis ici, on attaque le système solaire... »

Le Vieux m'avait vraiment à la bonne, pas de doute là-dessus ; on était la sainte-alliance. Lui pour l'ombre, le pouvoir, l'influence, les réseaux de copains, le fric, pour les idées, l'intelligence ; moi pour la lumière, le glamour, la séduction, les paillettes, le sourire flash... !

« Tu vas plus vite que la lumière, tu vivras plus longtemps. Peut-être même pour l'éternité, Dany ! Quand je te vois, parfois, je me dis que tu es l'alter ego qui m'a toujours manqué... », me dit le Vieux. Puis : « Tu es vraiment meilleur chaque jour... De plus en plus lumineux...

— Grâce à toi.

— Pas seulement. Tu avais ça en toi, quelque part. En germe. Je n'ai fait que le révéler. Comme un bon père, en somme... »

Moi (plaisantant) : « Un bon père, toi... ? Tu veux dire : un bon père-dophile... »

Lui (air sérieux, posant sa main sur ma cuisse) : « Non, Dany, sérieusement, tu es mon fils. »

Moi (riant) : « Pour ça, il faudrait que tu te tapes une nana, une vraie. »

Lui (énigmatique) : « Pas besoin. La science est là pour résoudre mes problèmes... »

Moi : « La science ? »

Lui (de plus en plus énigmatique) : « Clonage... »

Moi (riant jaune) : « Arrête tes conneries. »
Lui (riant aux éclats) : « Ne viens pas me dire après que je ne t'aurai pas prévenu. »

Long silence.

« Tu te fous de moi… ? » je fais.

Il me caresse la nuque, tendrement, *paternellement*.

« Qui sait ? »

10

La première du spectacle s'est terminée, bravo, bravo, le Palais des Fêtes était plein à craquer, bravo, des cris, des hourras, et je pensais même plus au trac du début, à la séance de vomi que je me suis tapée avant de monter sur scène, bravo, tous ces claps, un tonnerre de claps, personne n'avait remarqué que je chantais en play-back, les gens s'en foutent, ils sont prêts à avaler n'importe quelle merde pourvu qu'on leur caresse un peu le cœur dans le sens du poil. Bravo. Re-clap. Mon cœur à moi aussi était plein de claps. Je remercie Dieu. Je remercie tout le public. Bravo. Je balançais des baisers à la foule, surtout au premier rang parce qu'il y avait des tas de gamines, pour vous les filles, rien que pour vous. Et comme je suis Dany King, l'ami des enfants, j'ai fait monter des gosses sur scène, une dizaine, clap, clap, clap, tous autour de moi, contre moi, jamais été aussi proche du bonheur, vive le pédophile, Dany King est le roi, bravo, bravo, bravo. Dans le lot, il y avait une gosse, je l'ai frôlée et ça m'a fait comme une décharge. Je me suis retrouvé tout contre elle, yeux bleus, cheveux d'or d'un kilomètre de long, visage lumineux, le cou et la nuque super racés, et brusquement une voix s'est mise à parler dans ma tête : maintenant t'es libre. Maintenant il y a plus de flics, plus de programme spécial, plus de justice, il n'y a que toi et elle. Toi et elle, dans ta loge, tout à l'heure, après le spectacle. C'est une fan, et les fans rêvent d'être avec leur idole, et toi tu es une idole. Toi aussi t'es Dieu. Tu n'es plus Simon ; tu es Dany King. Simon était une merde, maintenant Dany King c'est le roi. On ne refuse rien au roi.

Voilà ce que m'a soufflé la voix. Plus personne ne va te contrer, Dany.

En quittant la scène, j'ai fait un clin d'œil à la gamine, et elle m'a répondu. Feu vert.

J'ai demandé à Charles-de-Gaulle-Étoile de me l'amener dans ma loge.

Il a ramené la mère avec, cet enfoiré, je l'ai vitriolé du regard, pas la mère putain, pas la mère, mais il s'est barré, et il m'a planté là avec les deux.

Elles avaient exactement la même coupe de cheveux. Les mêmes fringues. Jeans. T-shirt moulant. Kickers. Bijoux fantaisie.

On dirait deux sœurs, j'ai pensé. Deux clones !

Serrées l'une contre l'autre, j'avais du mal à savoir qui tenait qui par la main.

On n'a pas parlé, la gosse est venue immédiatement à moi, elle m'a tendu une fleur que j'ai serrée tout de suite contre mon cœur, et elle m'a embrassé, et j'ai dévié les lèvres, et immanquablement — ça marche à tous les coups ! — nos bouches se sont rencontrées.

J'ai déployé mes bras autour d'elle, et je l'ai prise contre moi. On est restés comme ça, une seconde, j'avais une envie folle de sa langue.

« Solène ! Viens ici ! »

La voix de la mère...

J'ai ouvert un œil. Puis l'autre. À travers les cheveux de la gosse, comme des rideaux levés sur une scène, j'ai vu la mère, son air de marionnette en colère, outrée choquée atterrée, son regard de sniper.

J'ai lâché Solène. Elle a reculé doucement, sa mère l'a prise par la main, tenue contre elle en lui caressant les cheveux. Parallèlement, elle me matait.

J'ai pensé : je suis sa cible, elle est prête à ouvrir la bouche, hurler peut-être, me mitrailler d'insultes.

Mais non.

Elle ne crie pas, ni rien.

Elle retranche sa fille dans son dos. Elle a un sourire de louve.

Elle s'avance vers moi. Le pas droit. Mécanique. Robocop.

Et puis quand elle arrive sous mon nez, elle déplie un large sourire lifté, et elle me dit : « À mon tour. »

J'avale ma salive.

Je souris.

Demande : « À votre tour... ? »

Elle se colle à moi.

Grosse suée sous mon costume de scène. Je sens monter dans mes narines un parfum à vous geler la libido dans le slip, un mélange de patchouli et de je sais pas quoi, un effluve d'une autre époque, le truc qui se vaporise quand on soulève une vieille pierre, quand on souffle sur un meuble de grenier. Le parfum-poussière.

La mère me tend une joue. Je distingue à peine sa peau sous le masque de crème. Graisse de baleine ? Graisse de phoque ? Graisse synthétique ?

Si j'embrasse cette joue, je suis fait !

Si contact avec joue, Dany pris dans mélasse comme mouche dans toile d'araignée !

Je recule.

La mère grogne. Elle implore presque : « Je veux mon bisou. »

Impossible de reculer davantage ; je me penche ; j'obéis.

Mes lèvres dérapent sur la couche de crème ; holiday on ice ! Elles glissent, tentent un rattrapage désespéré en se contorsionnant, mais rien à faire : elles continuent leur course à 100 kilomètres heure en direction de la bouche de la mère. Droit vers le cratère ! La bouche du volcan ! Avec ses fumées jaunes ! Son haleine Névrosène. Haleine nuits d'angoisse. Whisky. Haleine avide d'amour. Dévoreuse.

Madame Insomniax !

Et là, alors que je crois dévier ma trajectoire, que mes lèvres ont réussi à prendre la tangente, un énorme tentacule plonge dans ma bouche : sa langue ! Sa putain de langue qui s'enroule autour de la mienne ! Et qui m'attire comme la pieuvre dans *Vingt mille lieues sous les mers* !

Ce matin, en pleine répétition, brusquement, j'ai craqué, je suis allé m'asseoir dans un coin. Je tremblais. Comme si j'avais une montée de fièvre. Des frissons.

C'est de la faute de la pouffe d'hier, Madame Insomniax. Elle m'a refilé un virus. Une bactérie. C'est clair : une vieille bouche comme ça, ça transporte des tas de saletés. Des molécules pourries. Des cellules mortes. Des germes.

Je vais porter plainte contre elle…

C'est ça que je voulais : porter plainte. La traîner en justice. Motif : viol de bouche sur chanteur non consentant. Agression sexuelle caractérisée sur un adulte de trente ans ! Au fond c'est vrai, je me disais, la loi protège des gosses de dix ans, mais qu'est-ce qu'on fait pour des mecs dans mon genre, hein ? Y a pas de loi pour moi, seulement pour les autres, jamais pour moi, jamais. Pourquoi ? Qu'est-ce que j'ai de moins ou de plus ? Qu'est-ce qui va pas avec moi ? Je mérite pas amour et protection ?

J'étais super en colère. Mes nerfs flambaient comme une mèche de bombe. Dans trente secondes, l'explosion…

Si quelqu'un me parle, je le tue.

Quinze secondes…

Et là, magie, je vois cette gamine. Vision de rêve.

Mes nerfs s'éteignent.

Position off.

Elle est assise au premier rang, dans un fauteuil rouge, spectatrice unique de la répétition. Jamais vue avant. Qui est-ce ? La fille du metteur en scène ? La fille d'un technicien ? La fille de personne ?

Elle sourit. Ses pieds ne touchent pas terre. Elle porte un T-shirt en coton, ajusté à son torse, et qui s'arrête juste au-dessus de son nombril (j'imagine déjà mes lèvres à son contact, ma langue le taquinant) ; sa jupette s'arrête bien au-dessus des genoux, très, très, très au-dessus ; entre ses cuisses, le triangle minuscule de sa culotte : un étendard dressé fier, juste avant la bataille, un drapeau aux couleurs de ma future victoire.

Elle doit avoir six ans, mais elle en fait sept. (7, le chiffre 7, mon chiffre magique. 10 ans : date limite de péremption ?)

C'est le sosie de Dorothée.

Version : brune.

En la regardant, mon cœur s'échauffe ; j'ai l'impression de retrouver le Paradis Perdu. Les Cités d'Or.

Et je pense : pourquoi je n'ai jamais eu de brunette ?

Et brusquement, je revois mon psy, qui m'avait dit de sublimer, changer d'orientation, et je me dis : c'est trop con : il y a une moitié de la planète que tu ne connais pas, les brunes, tu loupes quelque chose, grandis Dany, fais évoluer tes goûts. Parce que dans la vie, si on évolue pas, on meurt, on se sclérose. Pas bien. Pas bien du tout. Évolue, Dany. Évolue. C'est le moment. Tu prends de l'âge. T'arrives à un tournant de ta vie. Faut pas s'installer dans des habitudes. Essaye les brunes.

Je descends de scène, je m'approche d'elle, la démarche super classe, super cool, le sourire en coin, je suis James Dean, je suis James Bond, je suis le roi des James.

Les yeux de la gosse changent de couleur à mesure que j'avance ; ils sont violets ! Des yeux violets ! Ou-ah !

« Comment tu t'appelles, petite ? je lui dis.

— Rose.

— Dis-moi, Rose, ça te dirait que je te chante une chanson… ? Rien que pour toi ? »

Oui, ça lui dit. Bien sûr que ça lui dit ! Elle en rêve, même, mais elle n'ose pas te demander… N'es-tu pas Dany King le tombeur, l'ami des enfants ?

Je la prends par la main qui se glisse en confiance dans la mienne, et je l'emmène vers ma loge. C'est parti !

Un bras se dresse sur ma route : le Vieux !

Il approche son visage du mien, et il murmure en souriant : « Celle-là, tu n'y touches pas.

— Je ne touche pas à quoi ? je demande, mon sourire perdu dans les nuages, perdu dans Rose.

— Rose n'est pas pour toi, Dany, il fait.

— Pourquoi ? » Je ris. « Qu'est-ce qu'il y a ? Vous êtes mariés ? Je croyais que t'aimais seulement les garçons, je le charrie.

— Rose est ma petite-nièce... »

J'avale mon souffle. « C'est une blague ? »

Il fait non de la tête, il attire Rose contre lui si bien que sa main m'échappe, mon cœur se brisexplose, et que j'essaye automatiquement de lui reprendre la fillette.

Le Vieux s'écarte.

« Non, Dany.

— Hé, je vais pas la bouffer ! » Je lui fais un clin d'œil. Je souris à Rose. « Tu me connais, je veux juste quelques petits câlins. Que des trucs sympas. Je ne suis pas un taré, moi.

— Désolé. C'est impossible.

— Mais pourquoi, putain ? Je croyais qu'on était potes. » Je cherche une faille dans son regard, quelque chose, n'importe quoi. « C'est pas toi qui disais que la famille c'était de la merde ?

— La famille, oui. Ma nièce, non. C'est un bijou. Je ne veux pas qu'on me prive d'elle. Pas question d'avoir des problèmes avec ses parents.

— Allez quoi. Personne ne saura rien. Promis. » Je joins les mains en prière. « Sois cool. Je ne te demande pas souvent des faveurs. »

Il me regarde longuement sans rien dire, puis : « J'ai l'impression qu'on ne se comprend pas très bien.

— Non, je reconnais. Je te pige pas. Pas du tout. Ça te ressemble pas ces interdictions. Tout ça. Ces impossibilités.

— Vois ça comme si c'était une loi, ok. *Ma* loi. Et *ma* loi dit : personne ne touche à Rose.

— *Ta* loi… ? » Je le regarde fixement. « C'est quoi, ça, *ta* loi ?

— Une règle, si tu préfères… Une règle du jeu, ça te va ?

— Quel jeu… ? je dis.

— Tu as déjà joué au tennis ?

— Ouais. Une fois. Quand j'étais gamin.

— Bon. Bien. Au tennis, la règle dit : si la balle sort du court, c'est une faute, et l'adversaire remporte le point. Tu me suis ?

— Cinq sur cinq.

— Si tu touches Rose, c'est une faute. »

Je ris. « Et c'est toi qui marques le point, c'est ça ?

— Exact.

— Et qu'est-ce que je gagne, moi, dans tout ça ?

— Demande-toi plutôt ce que tu as à perdre, Dany… »

11

Les journaux sont passés des mains du Vieux à celles d'un de ses copains, un mec qui bosse dans le business. Il lui a dit : « Regarde un peu cette réussite. » Il kiffait, le Vieux. Le business-mec aussi, apparemment.

Le journal disait que le spectacle était un succès fou, et que ça n'arrêtait pas. « Bientôt, la pédophilie sera la norme », s'extasiait le Vieux.

Ses yeux ressemblaient à des gâteaux anniversaires ; mille bougies brûlaient dedans !

On était dans la suite du Vieux, un super hôtel six étoiles rive droite, à quelques pâtés de maisons de cette place où il y a cette grande colonne, Vendôme, je crois. L'hôtel s'appelle le Royal Babylone. Le Vieux vit là toute l'année. Super déco dans cette suite, la classe. Des tapisseries hyper chères partout. Une incroyable statue dans le salon : une femme en bronze, taille réelle, complètement nue, brandissant une épée longue et effilée.

Tous les trois au salon, donc.

Le business-mec, le Vieux, et moi. Ces derniers temps, j'arrêtais pas de me traîner le Vieux. J'en avais ma claque. C'est bon. Ça va. Ça suffit. L'impression d'avoir sa gueule imprimée dans le cortex, impossible de m'en défaire. Quand je tournais la tête, il était là. Là. Et là. Je me demandais s'il se payait pas des sosies pour me surveiller en douce.

Enfoiré de Vieux !

Je me suis levé ; le Vieux et son business-copain parlaient toujours. Je me suis excusé, style je vais aux chiottes. Un peu de répit.

En fait, je suis allé dans la chambre du Vieux. Direct. Je ne sais pas trop pourquoi. Au radar. Pilote automatique. Il y avait un bureau. J'ai foncé. J'ai commencé à ouvrir des tiroirs, c'était juste pour regarder. Un tiroir, des papiers. Un autre tiroir, encore de la paperasse. Je ne savais pas trop ce que je cherchais. Mes mains s'agitaient. Mes doigts tremblaient.

Un bruit !

Mon cœur sursaute.

Je ne bouge plus.

Un autre bruit ; ça vient de la salle de bains, juste à côté. À pas de chat, je m'avance jusqu'à la porte, je colle mon oreille. Le bruit devient une voix. Une voix de gosse. Un chant de Sirène !

Je pousse la porte de la salle de bains. Carrelage immaculé. Marbre. Cuivres lumineux. J'entre au paradis.

Devant mes yeux, la baignoire flotte dans un nuage de vapeur. Je m'avance. Je fends le nuage, le traverse. Il se reforme dans mon dos et tout autour de moi.

Rose est allongée dans la baignoire. Elle prend un bain de mousse. On dirait qu'elle porte un grand manteau de bulles irisées. Une cape de neige. Dessous, je le sais, elle est nue comme une strip-teaseuse.

Rose me fixe sans rien dire. Sa bouche, bien rouge, plane sur fond de mousse blanche. Aucune expression de surprise ou de peur, aucun tremblement ne trahit un cri futur, un appel au secours, c'est cool, j'adore cette gosse.

Coup d'œil circulaire, je regrette qu'il n'y ait pas de jouets pour le bain, genre dauphin en plastique ou petit canard. Moi, j'aime bien les ustensiles. Pour les préliminaires. Rien de mieux. Les gosses adorent ça. Moi aussi. Mon côté enfant, j'imagine.

Je demande à Rose si elle veut que je lui raconte une histoire.

Elle me dit qu'elle préfère que je chante.

« Alors je vais essayer de te chanter une histoire ; ça te dit ?

— Quelle histoire... ?

— Celle du loup et des trois petits cochons... »

Je m'accroupis.

Je commence par un murmure : *Il était une fois trois frères cochons qui construisaient leurs maisons...*

Elle rit. Elle me dit que je ne sais pas chanter.

« Attends, je réponds. Tu vas voir... »

Et je continue : *Le premier cochon avait une maison de paille...*

Elle se moque : Ça n'existe pas, une maison de paille...

« Si. Chez les cochons ça existe », je rétorque.

Donc : *Le loup tape à la porte du premier cochon qui refuse de lui ouvrir si bien qu'il remplit ses poumons et souffle sur la maison de paille...*

Et là, je souffle sur la mousse qui recouvre le corps de Rose. Je souffle de toutes mes forces, pour lui arracher son voile blanc. Envolée de bulles dans la salle de bains. Rire de Rose. Son buste apparaît, nu.

Le loup se jette sur le cochon...

Mes mains sur son téton droit, elle rit, se tortille,

m'éclabousse. Recule. Son rire : un cri de picolo saxo. Saxuelle, donc.

... Mais le cochon s'enfuit et court chez son frère, le propriétaire de la maison en bois...

Un véritable incendie se déclare sur le visage de Rose. Je lui dis que le loup remplit encore ses poumons, et je souffle encore une fois sur la mousse qui a résisté à ma première attaque. Cette fois, tout s'envole.

Elle est nue.

Offerte.

À moi.

... Le loup se jette sur les deux petits cochons !

Mes mains sur son ventre, elle se débat, me repousse toujours en riant.

Si le Vieux voit ça, il me tue ! Oh, et puis je l'emmerde ! Dans la vie, il y a deux catégories de gens : ceux qui acceptent les règles, ceux qui les baisent. Moi, je les baise. Je ne joue pas avec vos règles, j'ai les miennes. À moi tout seul. Ça me suffit. Est-ce que je lui dis comment il doit mener sa barque, au Vieux, moi ? Non. Je ne lui dis rien.

... Mais les cochons s'échappent encore et courent chez leur frère aîné, le propriétaire de la maison en pierres...

On peut pas souffler une maison en pierres, me fait remarquer Rose, c'est pas possible, les pierres ne volent pas.

« C'est vrai, les pierres ne volent pas, j'admets à contrecœur. Mais le loup ne souffle pas cette fois, non, il décide de grimper sur le toit... »

Ma main, en arrêt au bord de sa fente, et mon majeur qui s'allonge.

Rose me demande pourquoi le loup fait ça, monter sur le toit.

« Parce qu'il va passer par la cheminée », je réponds.

Et là, doucement, mon doigt glisse entre ses cuisses, et entre ses fesses.

Je la sens mollir.

Une plume qui tremble, frissonne. Une Belle au bois dormant vibrant dans le vent.

Elle a un sursaut.

La peur... ?

Je souris, je lui dis avec une voix chaude, douce, la voix enveloppante de l'adulte : « Tu es très jolie, Rose. Tu le sais ? »

Rose : « Maman m'a dit qu'il ne faut pas se laisser toucher comme ça...

— Comment, comme *ça* ? » je demande.

Elle m'explique que sa mère lui a dit qu'il y avait des endroits du corps interdits.

« Quels endroits ? » je fais.

Elle me montre son sexe. Ses fesses. Son ventre. Son cou. Partout, bordel ! La mère a placé des barbelés sur tout le territoire !

« T'as pas envie qu'on joue encore un peu quand même ? je lui dis. On ne dira rien à ta mère. Promis. Juré craché. »

Je me penche sur elle. Nos visages se touchent presque. Le mien : un soleil énorme, en fusion, un soleil qui entre en supernova. Le sien : une lune pâle, effarouchée, prête à être avalée.

Je me lèche les lèvres.

J'essaye de l'embrasser.

Rose tourne la tête. « Non !

— Pourquoi ? je demande.

— Parce que...

— Parce que quoi ?

— Parce que ! »

Si près du but... ! J'ai tellement envie de sa langue ! Sa toute petite langue rose bonbon ! La lécher sucer avaler !

J'essaye de garder mon calme pour ne pas l'effrayer, de sourire, mais je tremble.

« Pourquoi tu ne veux pas ? » j'articule péniblement, en retenant un peu de salive.

Elle dit : « Je veux pas que tu me manges la langue.

— Je vais pas te la manger...

— Si. Je sais bien. Maman me l'a dit. »

Pause.

Je dis : « Ok, juste un petit bisou sur la bouche, pas de langue.

— Tu jures ?

— Promis juré ! »

Feu vert ! Je la tiens ! Dans la poche ! Mes lèvres sur les siennes, et là, craquant complètement, je passe en force, ma langue se jette dans sa bouche, se déroule, un tapis rouge, victoire !

Rose s'écarte vivement, ses deux mains entre nous, explosion de colère dans ses pupilles.

Elle crie : « T'avais dit que t'allais pas le faire ! Tu l'avais promis juré ! T'as triché, c'est dégoûtant, je le vais le dire à mon oncle ! »

Dans le conte du *Loup et des trois petits cochons*, le loup n'atteint pas son but. Il descend dans la cheminée, il se brûle dans l'âtre. Et la morale est sauve. Moi je dis : Fadaise ! Dans la vie vraie, le loup descend dans la cheminée mais le feu ne l'arrête pas, non, parce que quand on a la dalle comme j'ai la dalle, aucune flamme ne vous repousse, zéro, rien n'arrête votre appétit, votre amour, votre tendresse. Dans la vraie vie, le loup va jusqu'au bout.

De retour au salon, les fringues à moitié trempées, le Vieux et son pote m'ont regardé comme si je débarquais d'une autre planète, c'est quoi ce martien, d'où il vient. En plus, je bandais encore. Pas question que le Vieux voie ça.

J'ai fait un sourire d'excuse, sorry amigo, je me suis endormi aux chiottes, désolé.

Le Vieux a dit :

« Qu'est-ce qui t'est arrivé ? »

J'ai juste répondu :

« Je suis tombé dans les chiottes… »

Des bulles de mousse me sortaient presque de la bouche.

12

« Est-il vrai que vous aimez beaucoup les enfants, Dany ? m'a demandé le journaliste.

—Y a vraiment qu'eux qui me comprennent », j'ai répondu.

On était dans ma loge, c'est le Vieux qui m'a imposé cette interview, pour l'image de marque du spectacle, faire la pub, et continuer la propagande subliminale, vive l'amour, vive les enfants, la pureté.

Le journaliste avait une moustache, ça me fait toujours un drôle d'effet de parler à des moustaches, je sais pas pourquoi. L'impression de pas savoir quel genre de client se planque derrière.

« On dit aussi que vous les aimez… physiquement… ? » a dit le journaliste.

Malaise. « Je comprends pas bien ce que vous dites, là.

—Vous aimez les caresser, non ? »

J'ai ri. « Qui n'aime pas les câlins ? Les gosses, il n'y a rien de plus mignon, aimable, doux, compréhensif… »

Il m'a coupé : « Des caresses intimes, également ?

— Intimes… ? » Impression que des mouches à merde me volent dans les oreilles. « Intimes comment ?

— Certains endroits du corps ?

— Lesquels ? »

Là, le journaliste a coupé son magnétophone, et il m'a dit : « On peut parler off, si vous voulez...

— Parler de quoi ?

— De sexe... »

J'ai fait celui qui ne comprend pas : « De sexe ? Pourquoi ça ?

— Écoutez, il a dit, c'est juste entre nous. Par curiosité. Je ne publierai rien là-dessus. » Il a rangé son carnet de notes. « Vous tripotez des gosses, pas vrai ? »

Une meute de chiens s'est réveillée dans ma tête. Ce type me prend pour un con. J'ai repensé aux flics. Et je me suis dit que c'était sans doute pour ça que j'aimais pas les moustaches, parce qu'elles me font toujours penser aux flics. Blouson, moustache. La panoplie. Il me prend vraiment pour le roi des cons. Et sa moustache qui me souriait maintenant, toute confidente, allez, elle me disait, lâche-toi, dis-le, ton secret de polichinelle, que je fasse mon scoop et que je te baise la gueule. Parle. Sois sympa.

J'ai vraiment eu envie de l'arracher, cette moustache. De la lui faire bouffer. Les chiens sont descendus dans ma bouche, l'envie de mordre, de planter les crocs dans sa gueule.

Je me suis retenu. Dany le civique. Le gentil garçon. Bien éduqué. Le scout du show-biz.

Je lui ai juste dit : « Casse-toi. »

Il m'a répondu qu'il ne partirait pas s'il n'avait pas de vraie réponse.

« Y a pas de réponse, j'ai dit. Alors barre-toi maintenant. » J'avais du mal à tenir les monstres qui aboyaient en moi, des pit-bulls, des bergers allemands, un chenil entier. Des cerbères. Des dragons hurleurs.

Mais ce con n'a pas voulu s'arrêter là. Il voulait soulever le couvercle. Il voulait tout voir. C'est ça qu'il voulait. Ouvrir la cage. Pas me foutre la paix en tout cas.

Il a dit : « Je sais que vous êtes pédophile, Simon. »

C'est cette phrase qui m'a fait perdre pied. Pédophile. Simon. Comment il connaissait mon nom ? Simon. Ça a libéré les clébards en moi. Je lui ai balancé mon front dans le nez, c'est parti comme ça, comme si j'avais perdu l'équilibre, et au dernier moment on redresse la barre, coup d'éperon. Le journaliste est tombé de sa chaise. J'avais déjà le poing levé. Simon. Pédophile. Il était au sol, les mains sur le visage, du sang qui gicle entre les doigts. Inculpé. Le nez cassé. Fendu. Pour qui il se prend, cet abruti ?

« Tu sais qui je suis ? j'ai gueulé. Est-ce que tu sais seulement à qui tu parles vraiment, espèce d'enfoiré ! »

Il a ri. Il saignait, il avait mal, mais il se marrait.

« Pourquoi tu te marres ? » j'ai dit.

Il n'a pas répondu ; il a continué à se rire dessus mais avec des larmes de douleur. Je voyais sa bouche rouge de sang, ses dents blanches sur rouge, c'était la bouche de l'enfer, la bouche du diable.

« Ta gueule ! » j'ai hurlé.

Lui aussi, il a hurlé. De rire. Bouche du diable. Démon. Un orage a éclaté en moi. Le déluge. Des pluies de coups sur sa gueule de journaliste. Je voulais le faire disparaître, entrer sous terre, et plus je tapais, moins il se défendait. Il faisait que rire.

J'ai arrêté quand mes muscles m'ont lâché, quand la fatigue m'a stoppé, j'ai claqué la porte de ma loge et je me suis barré.

Le Vieux était fou. Moi, je ne voyais pas pourquoi. Il m'a traité de sale petit enculé. « Je vais te tuer, il disait. Un journaliste. Tu tabasses un journaliste, espèce de merde !

— Et alors ? » j'ai dit.

Je ne l'avais jamais entendu parler comme ça. Avec cette voix. La foudre. Les éclairs. Il était derrière son bureau, il tirait le tiroir à lui, le repoussait, le tirait encore et ainsi de suite, de plus en plus violemment, je me suis demandé s'il n'avait pas un flingue dedans, s'il allait pas le sortir, et m'exploser le crâne avec.

« Tu peux sûrement arranger le coup, non ? j'ai fait quand j'ai senti qu'il retombait un peu. Tu peux bien étouffer l'affaire... »

Il a rien dit.

J'ai continué : « T'as des potes partout. T'en as aussi dans la presse, non ? »

Il m'a regardé droit dans les yeux, et il a dit : « Tu as frappé qui il ne fallait pas, Dany. Et tu sais ce que ça veut dire ? Ça veut dire que tu nous as envoyés au tapis : toi, le spectacle, moi. Tu comprends ?

— C'est bon, j'ai dit, je me suis un peu énervé, j'ai pété un câble. Désolé. Mais on peut réparer ça.

— Tu vas aller voir ce journaliste, Dany. Tu vas aller le voir, tu vas lui parler. Tu vas payer les pots cassés. S'il veut que tu te chies dessus, tu te chieras dessus. Compris ? Sinon, c'est moi qui m'occupe de te noyer dans un océan de merde ! »

J'ai fait envoyer au journaliste des tas de fleurs, orchidées, roses, lys, tout le truc, arums, des super fleurs, avec un mot sur lequel je disais que j'étais désolé, super, super désolé, mais j'avais perdu mon self-control, parce que quand j'étais gosse mon père m'enculait dans la cabane du jardin, et son histoire de pédophilie m'avait rappelé des tas de choses horribles, un pipeau pas possible, gros mensonge, mais bon, on s'en fout, faut payer les pots cassés, alors voilà : Dany violé, sodomisé par son père. Désolé, papa. T'es mon bouclier. Vois ça comme ça. En plus j'ai rajouté un gros chèque, cinq mois de cachet, une avance du Vieux.

J'ai même essayé d'aller le voir à l'hosto, j'étais prêt à ce qu'il s'essuie les semelles sur ma gueule, prêt à l'humiliation, promis, cette fois je la boucle, je suis prêt à sucer toutes les bites que tu veux, et même ta moustache de flic, parce que je sais que j'ai déconné, promis.

Mais le journaliste n'était plus à l'hosto. Fini. Il est parti. Où ça ? Personne ne savait. Ils disent tous ça : on sait pas, désolé. J'ai demandé à une infirmière s'il avait eu mes fleurs. Oui. S'il avait lu mon mot ? Je ne sais pas, elle a répondu.

Je suis parti. Je me disais qu'il n'y aurait pas de problème de toute façon. En rentrant à l'hôtel, j'ai pensé à Rose. J'ai eu envie d'elle. Juste un peu de temps. Envie d'enfouir mon visage dans ses cheveux. La respirer.

Je marchais dans la rue baignée de soleil, le premier bon gros soleil d'été, un spot énorme suspendu dans le ciel. Mon cœur flottait dans la lumière. Rose. Je repensais au super moment passé dans la baignoire. Au cou de Rose. À ses aisselles. À ma bouche qui l'explore. Plongée sous-marine. Le début d'une vraie Love Story, je me suis dit. Fais gaffe, Dany, c'est comme ça qu'on devient monogame après. J'ai ri. Je suis un marrant. Monogame. Je vais demander sa main à ses parents. Mariage. Il paraît qu'il y a des pays où on a le droit d'épouser des mineures. Un voyage de noces là-bas. J'imaginais la gueule du Vieux s'il apprenait un truc pareil. Quelle blague !

Je riais tellement, dans la rue, les gens se retournaient sur mon passage.

Je toussais de rire, je me suis appuyé sur un kiosque à journaux. Reprendre mon souffle.

J'ai levé les yeux.

Il y avait une affiche sur le kiosque.

Une affiche énorme.

Avec ma gueule dessus... Une photo de moi prise par le journaliste à moustache.

Ma gueule baignée dans la lumière d'une belle journée d'été.

C'était la Une d'un journal people.

LES STARS SONT-ELLES PÉDOPHILES ?

C'était le titre...

Sous-titre : *Plongée dans l'enfer du show-biz.*

Ma gueule, gigantesque, en pleine rue. Ma gueule de *PÉDOPHILE.*

Et tous les gens qui regardaient l'affiche. Qui achetaient le journal.

Je suis parti en rasant les murs.

Il y avait déjà des journalistes devant mon hôtel, un paquet, d'appareils photo, de micros, caméras. Des mouches ! Des abeilles ! Des guêpes !

J'ai vu la Galaxy-Mirage du Vieux garée juste une rue plus bas. J'ai foncé. Une portière s'est ouverte. Je suis monté.

Le Vieux m'a dit : « Ne parle pas. Ne m'interromps pas. Écoute-moi bien. »

J'ai fait oui de la tête, tout ce que tu veux, sors-moi de cette merde. J'avais l'impression que mon cœur allait mourir sur place, me lâcher.

« Il faut que tu ailles un peu te mettre au vert, a fait le Vieux. Que tu te fasses oublier un temps, Dany. Ok ? »

La Galaxy-Mirage a démarré, elle est passée devant l'hôtel, il y avait un tag sur le mur : *Dany enculé de pédophile.* Il y avait même des mecs avec des pancartes. À mort ! En prison ! La camisole ! Des gens gueulaient.

« Et le spectacle ? » j'ai demandé.

« On arrête tout, qu'est-ce que tu crois ! » Pause. Puis : « Tu as de la famille, quelque part ?

— Non », j'ai menti. Je voulais pas mettre mes parents dans la merde. Je les avais pas vus depuis des siècles. J'allais pas débarquer comme ça.

« Il faut qu'on te trouve un endroit tranquille. »

La voiture tournait autour du pâté de maisons, le Vieux avait un visage plus vieux, plus creusé, il avait l'air de pas avoir beaucoup dormi, l'air de s'être pris la tête. Me mettre au vert. Mais où ? Vraiment, je voyais pas. Personne ne m'attendait nulle part. J'ai pas de maison. Me mettre au vert. J'ai rien. Rien à moi.

Le Vieux a souri. « Ne t'inquiète pas. Je vais arranger la situation. Je vais publier des démentis. Preuves à l'appui. Je vais répondre à des interviews. On va se sortir de là. Mais avec prudence. Il ne faut pas qu'on rouvre ton dossier, Simon le pédophile, hors de question… »

13

Ma caravane était toujours là, plus pourrie, plus sale, plus triste. Le Vieux m'a fait un signe de la main, le pouce en l'air, courage, on se rappelle bientôt, et il a démarré, et la Galaxy-Mirage violette a disparu derrière une rangée d'arbres ; retour à la case départ.

La porte ne tenait plus, défoncée, vraiment morte, je suis entré, il y avait plein de poussière, des bouteilles de bière qui traînaient partout, des mégots de clopes, le bordel, mon affiche de *Blanche-Neige* à moitié arrachée. Il y avait eu des visites. Les cloisons taguées. Des capotes usagées. Mon matelas humide, éventré. Puanteur. Pisse. Humus. Retour à la case départ. Ne touchez pas les 20 000 balles. Allez directement en prison ou tirez une carte Caisse de Communauté.

Je me suis assis, je me suis couché par terre. Essaye de dormir, d'oublier, de ne pas penser à tous ces gens qui t'attendent devant ton hôtel, là-bas, qui rêvent de t'arracher la bite et les couilles, dors, je me disais. Au bout de vingt minutes, j'ai compris que je n'y arriverais pas et que mes nerfs voulaient pas me foutre la paix, qu'ils étaient branchés sur fréquence flip. Connectés à la peur.

Je me suis levé, je suis sorti, et j'ai couru autour de la

caravane. Dix minutes. À fond. Il ne s'est rien passé. Toujours ce flip. On m'émascule. Les journalistes filment ça en direct. J'ai couru encore dix minutes de plus. Résultat toujours aussi nul. Du coup, je suis parti, une flèche à travers la forêt, je fonçais vers la ville, je me rappelais toujours aussi bien le chemin.

J'ai atterri devant le Centre Commercial. Énorme. Des tas de boutiques avec des tas de rayons, avec des tas de trucs.

Ça m'a rappelé quand j'étais gosse ; mes parents m'emmenaient dans des endroits un peu comme ça où il y avait un rayon pour les mômes ; je passais des heures à mater les jouets, et si ma mère me demandait ce que je voulais, je répondais : rien, merci, juste regarder.

J'ai déambulé dans le Centre Commercial, le nez enfoncé dans le col de mon manteau, rasant les murs, juste pour voir la foule.

Et puis je suis entré machinalement dans un magasin spécialisé, tout pour faire une femme. Fringues. Dessous. Produits de beauté. Il y avait là un tas de nanas aux chevelures brillantes oxygénées peroxydées, aux seins siliconés, des vraies silhouettes de films pornos, je les évitais dans les rayons, je voulais pas sentir le contact de leurs mamelles.

Au rayon rouge à lèvres, j'ai choisi un stick carmin avec paillettes. (Je le recommande à tous mes amis pédophiles, le rouge à paillettes c'est vraiment le must, et ajoutez aussi un peu de gloss pour faire briller — une bouche qui brille, c'est un peu, pour le pédophile, comme la pleine lune pour les poissons, la source de toute convoitise.)

J'ai découvert également une gamme de vernis à faire pâlir la Reine Cléopâtre en personne ; le liquide, dans les fioles, était pailleté d'or (j'ai vérifié sur l'étiquette, c'était vraiment de la poussière d'or !). J'ai pris aussi une boîte de poudre pour les yeux, et pour les joues.

Et, pendant que je me servais, que je piochais dans ces palettes de couleurs, je me suis mis à chanter : *J'ai mis de l'or dans mes cheveux / Un peu plus de noir sur mes yeux...*

J'ai fait un tour côté lingerie et là, quelles découvertes ! Je le savais pas : les petites culottes, débardeurs, soutiens-gorge, caracos et autres portent des noms ! Comme les papillons !

Il y avait *Sortilège Noir* : un caraco pour les Mata Hari, un dessous à faire pâlir la chasteté elle-même.

Plaisir Noir, un body, se passera de commentaires...

Mais que dire de *Candide Buvard* (sic !), un soutien-gorge, oui, oui, *Candide Buvard* : qu'absorbent-ils ces deux bonnets (C !) ?

Et, ah, ce *Pudeur Caramel* (encore un body), on voudrait l'arracher tellement il sent l'impudeur, tellement il sent l'ondine qui se tortille, délicieusement, du cul !

Je parle même pas de tous ces soutiens-gorge qui portent des prénoms féminins : les *Manon Bleuet* (ah, Pagnol ! Pagnol !), les *Mina Hibiscus*, les sœurs *Lucie Verveine* et *Fifi Verveine* (un duo de coquines, celles-là !), *Cléo Orchidée* (une fleur de chair, comme toi ma Rose !), *Irma Noir* (mystère d'ébène ?), *Fanchon Mulot* (Dieu qu'elle sent le terroir !), *Colette Prunelle*, *Élise Géranium*, *Anaïs Corail* (un poisson solaire, peut-être ?), *Flore Cobée* (encore une fleur mais cobée... Cobée... ? Je ne connais qu'un Kobe, et c'est un port japonais), *Léa Terre...*

J'ai sélectionné les tailles les plus minuscules — dans un rayon spécial *Teen*, excusez-moi du peu : taille 8 à 12 ans, les entreprises de lingerie n'ont pas froid aux yeux de nos jours, elles ne redoutent pas les procès pour pédophilie, les bougresses ! — et, les bras chargés, je me suis cassé sans rien payer.

De retour à la caravane, j'ai déballé mon butin, dessous, maquillage et compagnie, je ne comprenais toujours pas pourquoi j'avais piqué tout ça, c'est pas mon genre, voleur, pas du tout. J'ai voulu arracher l'étiquette d'un body transparent et là, j'ai compris.

Le body s'appelait : *Rose Amour.*

Rose...

Amour...

Retour à la case départ. Je me suis mis à pleurer.

14

Le pape dit : Je vais purger l'Église des prêtres pédophiles. Encore un enfant retrouvé mort, après avoir été apparemment violé et battu. Une mère prostitue ses enfants pour s'acheter une télévision. Un médecin s'apprête à effectuer le premier clonage humain.

La TV balançait les nouvelles, rien que des histoires sordides. J'avais encore la trouille, à cause de mon vol au Centre Commercial, mais non, rien, rien d'inquiétant. Te tenir tranquille, avait dit le Vieux. Fais-toi oublier. Désolé, j'y arrive pas.

La présentatrice a dit : et maintenant, culture, le spectacle *Peter Pan* en tournée, avec son nouvel acteur : Travis.

C'est quoi, cette histoire ? une voix a hurlé dans ma tête. C'est quoi cette putain d'embrouille ?

La présentatrice : Dites-nous, Travis, quel effet ça fait de se retrouver devant la scène quand on a seize ans ?

Travis : C'est génial. J'adore chanter. Je me prépare depuis longtemps.

Qu'est-ce que c'est que ce mec, dans *mon* spectacle, qui occupe *mon* rôle ? J'ai maté la TV, le visage du type, jeune, une belle peau, des dents éclatantes, le visage fin, angélique. Et puis le reportage a continué, sur les coulisses du spectacle, on voyait Travis avec les autres acteurs, Travis avec les techniciens, Travis avec des fans, Travis, Travis, Travis partout.

Travis avec le Vieux...

Je me suis frotté les yeux. C'était lui. Il avait l'air ravi. À croire qu'il me souriait à travers l'écran.

La présentatrice lui a demandé comment marchait le spectacle.

Le Vieux a répondu : Magnifique.

La présentatrice a dit : Savez-vous ce qu'est devenu votre précédent rôle titre ? Dany King ?

J'ai monté le son de la TV.

Le Vieux : Non. Et je ne veux pas le savoir. J'espère qu'il va mal. J'espère qu'il souffre de ce qu'il est et de ce qu'il a fait.

La présentatrice : Sa pédophilie est donc avérée ?

Le Vieux : Tout à fait !

La présentatrice : Et vous l'ignoriez jusqu'à présent ?

Le Vieux : Malheureusement, oui. Mais j'espère que la police fera bien son travail et que la justice nous débarrassera des gens comme lui.

J'ai donné un coup dans le poste.

Téléphoné au Vieux. Urgent. Au Royal Babylone, ils m'ont dit qu'il était parti. Absent pour le moment. Sorti peut-être. Pas joignable. Salut. Évidemment.

J'ai foncé à la baraque du Vieux. Le château était éclairé.

J'ai grimpé l'escalier, j'ai tapé à la porte, tiens, prends ça, je cognais de toutes mes forces, tiens, j'espère qu'il va mal, tiens, qu'il souffre, tiens, tiens. Retour à la case départ. La justice nous débarrassera des gens comme lui. Tiens ! Salauds ! Salauds !

La porte s'est ouverte.

Un type derrière. Pas le Vieux. Un autre vieux. En costard. Il a un pistolet. L'air étonné, mais calme.

« Arrêtez ça », il dit.

Je lève les bras au ciel. Drapeau blanc. Ne tirez pas. Stop.

« Qui êtes-vous ? Qu'est-ce que vous foutez chez moi ? » il dit. Il ne me vise pas, le pistolet pend mollement dans sa main.

Je ne réponds pas. La gorge sèche. Pas un mot dans le cerveau. Qu'est-ce que vous foutez chez moi ?

« Je m'en vais », je dis.

Je fais un pas de côté. Essayer de sourire. Confiance. Peace and Love.

Il pointe le canon vers mon ventre. « J'appelle la police, il dit.

— Je suis une victime, je murmure.

— Partez de chez moi, il crie. Immédiatement ! »

Je recule, envie de vomir, partez de chez moi, qu'est-ce que vous foutez chez moi, je me sens malade, chez moi, le Vieux me lâche, le Vieux est comme le vent, on ne peut pas l'attraper, il n'habite nulle part, zéro maison, pas de palais, il me sacrifie.

J'étais à un arrêt de bus, paumé sur une route de forêt, la Galaxy-Mirage du Vieux est arrivée, j'ai eu l'impression qu'elle ne roulait pas mais qu'elle planait à quelques centimètres du sol, elle s'est arrêtée devant moi, j'ai pas osé bouger, j'avais la portière en face, fermée, avec les vitres fumées. Un moment a passé, le vent s'est levé, des tourbillons de feuilles, de la poussière, des nuages gris. La voiture, je ne pouvais rien voir à l'intérieur, pas de passager, rien, pas un souffle, pas une respiration. Et puis je me suis dit : derrière cette portière m'attend la mort. Voilà ce que j'ai pensé. Derrière cette portière m'attend la souffrance. La douleur. Peur. Mais la portière ne s'ouvrait toujours pas. Et puis doucement, tout doucement, au ralenti, la vitre électrique est descendue, et c'était Rose. Ma fée ! Elle m'a fait un sourire, un clin d'œil, Rose, un signe, viens, monte, viens vite, et j'ai ouvert la portière, je suis monté, ma Rose, ma sauveuse, je me suis installé sur la banquette, je l'ai prise dans mes bras, ses petites mains sur mon visage, elle m'a guidé jusqu'à sa bouche. J'étais stupéfait, mais je me suis laissé faire. Je t'aime, Rose. Elle a ouvert la bouche. Moi la mienne. Ma langue est entrée. La sienne attendait, une biche affolée. Elle a fermé les paupières. Ma langue a commencé à posséder celle de Rose. Elle m'a attiré contre elle, j'ai fermé mes yeux. On est resté comme ça, un moment, et puis j'ai commencé à sentir une morsure au bout de ma langue, c'était plus une biche affolée, et la morsure est devenue une coupure, une entaille, et brusquement j'ai senti comme si ma langue se déchirait, comme si un torrent de serpents se précipitait dans ma bouche, des rats, des insectes, Rose qui me vomissait tout ça dans la gorge, et les bêtes me descendaient à l'intérieur, et je me suis mis à hurler, me débattre, et j'ai repoussé Rose. Mais c'était pas Rose. C'était le Vieux. Ses yeux pleins de sang. Le Vieux. Sa bouche morte. Vieux. Sa peau en lambeaux. Peau lépreuse. Vieux. Dents qui se détachent. Le diable. Son visage sang. Visage néant. Visage du vide qui m'aspire. Demande-toi plutôt ce que tu peux perdre, il disait.

Je me suis réveillé en hurlant.

Après, pendant une semaine, je n'ai pas réussir à dormir. J'avais peur que le cauchemar revienne et qu'il me bouffe. Un sale pressentiment. Quelque chose se prépare. Tire-toi d'ici.

Tout de suite.

De toute façon, t'as plus rien. Pas de fric. Rien. Tu vas mourir de faim. Ça faisait trois jours que je bouffais plus rien. J'avais épuisé mes dernières conserves. J'étais sale. Je m'étais pissé dessus dans la nuit, à cause du cauchemar. Casse-toi. Vite. T'as rêvé du diable. De la mort. C'est super mauvais signe. Va-t'en vite très loin.

Mais où ?

15

Rends-toi, disait une voix en moi. Appelle les flics. Rends-toi. Cette voix, c'était mon cerveau droit, le bon, l'ange gardien.

T'es dingue ou quoi, m'a dit le cerveau gauche, le truand, l'enfoiré, le pédophile. Pas question de me rendre ! il a grogné. Il m'aboyait sous le crâne, un vrai pit-bull, de la bave plein la gueule.

Cerveau droit a répliqué : D'accord, ne te rends pas mais appelle au moins ton psy, celui du *programme spécial*. Son cabinet n'est pas loin. Tu es malade. Tu as besoin d'aide.

Et c'était vrai que j'avais une sale gueule, que je me laissais complètement aller depuis une semaine. Que je chipais des œufs ou des légumes dans des fermes voisines, juste de quoi manger, mais je ne me lavais plus, je ne me rasais plus, je me faisais un peu peur.

Mais je ne me suis pas rendu. Je n'ai pas appelé le psy, même si la moitié droite de mon cerveau me le commandait. C'est cerveau gauche qui a gagné, la mauvaise moitié de moi-même.

J'ai pris le train, je suis rentré à Paris, je voulais voir le Vieux.

Je savais que les balèzes de la réception me laisseraient pas monter. Évidemment.

J'ai attendu une journée complète et puis une nuit, près du Royal Babylone. Debout pendant trente heures. La barbe qui me pousse. L'odeur de sueur. De pisse. Je dégageais tout ça.

Et puis j'ai vu ce mec qui sortait de l'hôtel.

Sa tronche me disait quelque chose.

Un serpent.

Il portait un sac en cuir en bandoulière. Il avait des pansements sur le visage.

Il est passé devant moi, il m'a pris pour un clodo, il m'a jeté une pièce. « Bois un coup à ma santé », il a dit en souriant.

C'est par la voix que je l'ai reconnu, et les pansements aussi j'imagine : le journaliste à qui j'avais pété la gueule. Le salaud du scandale.

Je suis parti derrière lui. Même faible, je trottais pas mal, je ne l'ai pas perdu de vue, ni rien.

On a pris le métro, il ne s'est même pas aperçu que je le suivais. La pauvre cloche a dû se dire : un clodo. Ma barbe sale. Mon blouson. Mes jeans troués. L'odeur que je dégageais. La sueur.

Je l'ai chopé à sa station. Le clodo qui fait la manche. Il ne s'est pas méfié. Je lui ai sauté dessus dans un couloir, je l'ai plaqué contre un mur, je n'avais plus de muscles, j'avais fondu, il me restait plus que les nerfs, des cordes à guitare, les cordes en acier, sur mon pauvre corps. J'ai serré les dents, je lui ai mis la main sous la gorge, il ne pouvait pas crier. Des gens sont passés derrière nous, mais ils n'ont rien fait. J'adore les gens.

« Qu'est-ce que vous voulez ? il a articulé.

— T'es un enculé de journaliste, j'ai dit. Et je vais te bousiller la gueule. »

Ses yeux se sont remplis de larmes, sale lâche. « Je suis pas journaliste », il a dit. Puis : « Pitié !

— Tu m'as baisé !

— Je vous ai jamais vu ! »

J'ai écarté mes cheveux, toute la poussière, la merde, et là, il m'a reconnu. « Dany King !

— Ordure !

— Je ne suis pas journaliste. Je le jure, Dany. Je suis juste acteur. Acteur ! » Il me suppliait. « J'ai fait semblant. Un faux journaliste.

— Pourquoi ?

— Je sais pas. »

J'ai levé le poing. « Menteur !

— Je te jure ! il a dit.

— Pourquoi tu sortais du Royal Babylone ? »

Il n'a rien dit. J'ai tiré le sac qui s'est déchiré. Des liasses sont tombées par terre, des liasses pleines de billets craquants.

Du cash...

Merci Vieux...

Un faux journaliste, un vrai scandale, des infos dans tous les journaux, un chanteur qui me remplace, merci Vieux : tu me balances comme une merde. Tu tires le tapis sous mes pieds. Merci. Le spectacle continue. Mais sans moi. Moi je suis out. Tu m'as renvoyé à ma petite caravane. Permission terminée. Après minuit, le carrosse redevient citrouille, le chevaux sont des souris, les vêtements brillants de la toile sale, fini la bonne fée, fini Dieu. Je crois plus en Dieu. Fini. Dieu m'a chié dessus avec son fric, ses combines, ses potes.

En regardant tous ces billets débordant du sac en cuir

du faux journaliste, j'ai compris, j'ai senti des scorpions grouiller dans mon cœur, des tas de scorpions rouges, avec leurs aiguilles qui piquent, je les sentais me bouffer, se répandre en moi, partout, courant depuis mon cœur, et je voyais le fric, et j'avais envie de tout brûler. J'ai compris. Le Vieux : demande-toi plutôt ce que tu as à perdre. Faites seulement ce qu'on vous dira. J'ai compris. Message reçu. Cinq sur cinq. Moi j'ai eu Rose et le Vieux m'a jeté dans le caniveau. J'espère que la police fera bien son travail. Le Vieux m'a coulé, maintenant il va m'envoyer la meute, les chiens, il va m'envoyer les flics, la justice, la prison. J'ai eu Rose. Les chiens. Message reçu. Demande-toi plutôt ce que tu as à perdre, Dany. Si tu touches Rose, c'est une faute. Et Rose m'a dit : si tu mets la langue, je le dis à mon oncle.

III

« *Toujours prêt*, mais à quoi ? »

16

Pas difficile de trouver ce qu'on cherche, il suffit de se baisser et ramasser, si possible en province, c'est encore plus facile, c'est pas moi qui le dis. Il y a toujours au moins un pédophile dans le bled. C'est écrit dans les journaux. J'ai pris la moitié du fric au faux journaliste, ferme ta gueule, tu dis rien ou t'es mort, et je me suis planqué une semaine dans un hôtel au bord de l'autoroute, le motel pour VRP, je me suis refait une santé, une jolie petite gueule, avec une moustache bien taillée et décoloration des cheveux des poils, blond, tout blond, ça me faisait bizarre d'être aussi blond, et une coupe de petit garçon sage, un air d'ange, de pur.

Après, j'ai commencé mon petit tour de province, en Normandie, j'ai pas mal tourné, un truc que je sais bien faire, j'avais quand même été VRP, on n'oublie pas. Les journaux disent aussi que les pédophiles traînent au café du coin, qu'ils sont super polis, gentils, affables, qu'ils s'entendent bien avec tout le monde mais qu'ils mentent, qu'ils portent un masque, que l'ennemi est dedans, bien planqué, le démon. Comme le Vieux. Lui aussi il cache, il manipule. Lui aussi il ment. À Briquebec, j'ai rencontré Raymond. Je voulais m'acheter à bouffer, il y avait une boulangerie. Pains au chocolat. Croissants. Chaussons aux pommes. Je savais pas quoi choisir. Il y avait des figurines en pâte d'amande. Des petits garçons. En sucre. J'ai collé mon nez contre la vitrine, pour mieux voir. Des scouts. Tous blonds. C'était des scouts en pâte d'amande.

Je suis entré dans la boulangerie. La grosse, au comptoir, c'est Madame la boulangère. Moi, celui que je veux voir, c'est Monsieur.

« Je peux voir votre mari ? » j'ai dit.

Madame a eu l'air méfiante. « C'est pourquoi ? elle a dit.

— Une commande.

— Et vous pouvez pas me la donner à moi ? »

J'ai souri. « Dites-lui seulement que je voudrais cent petits scouts en pâte d'amande, pour demain. »

Elle a roulé des yeux de machine à sous. Le jackpot ! Elle a appelé son mari, c'était Raymond, il est venu, elle lui a demandé s'il pouvait faire ça, cent scouts, mon chéri, elle tremblait presque, la commande du siècle.

Raymond n'a rien répondu. Il m'a fixé. Toujours pas un mot. Quarante-cinq balais. J'attends que ça. Je ne rêve que de ça. Voilà ce qu'il y avait dans ses yeux. Aide-moi, étranger. Donne-moi la lumière.

Il m'a souri. J'ai presque eu l'impression qu'il allait me prendre la main, l'embrasser, voilà ton alter-pédo, Raymond, lui disait un murmure dans son cerveau.

« Si vous voulez, il a dit, je peux même en faire un grand...

— Un grand ? » a demandé sa femme, un peu affolée. « De quoi tu parles, Raymond ? Un grand quoi ?

— Un grand scout. Taille *réelle*... » Il a bien insisté sur le *réelle*, il l'a laissé couler de sa bouche comme de l'eau, la fontaine, la salive. Son regard me suppliait presque. Emmène-moi tout de suite avec toi. Arrache-moi à cette femme. À cette boulangerie. À ce village. Emporte-moi jusqu'à l'île aux enfants.

J'ai dit : « Taille réelle... ?

— Pas de problème !

— Et avec quelques détails réalistes également ? j'ai demandé.

— Bien sûr. Tout. Très réaliste. Oh oui ! Vous êtes bien tombé. Je suis vraiment la bonne personne. Le meilleur du coin. Pas vrai, Madeleine ? » Il a souri à sa femme qui a renchéri :

« Oui, monsieur. Mon mari travaille très bien. Très dur. Il aime la qualité, elle a fait.

— Moi aussi », je lui ai dit. Et puis je me suis tourné vers Raymond. « J'adore la qualité. Je ne choisis que le meilleur du meilleur, et je sais mettre le prix pour ça. Et quand on met le prix, *vraiment*, on finit toujours par avoir ce qu'il y a de mieux... »

Raymond, sa bouche entrouverte, les lèvres du mec qui vient de jouir, d'avoir un orgasme, violettes, tremblantes, le souffle court, les yeux hagards, les mots qui ne sortent plus que par bribes : « Je suis sûr... qu'on va... bien... s'entendre... »

Moi, calme, serein, total self-control : « Évidemment. »

Il a pris ma main dans la sienne, à côté de lui sa femme avait presque les larmes aux yeux, bénissez ce brave homme, monseigneur, donnez-lui tout ce qu'il souhaite. Moi j'avais l'impression de lui serrer la bite, pas la main, à Raymond. Tout ce qu'il attendait, c'était des complices. Une bande. Des copains de virée. L'excitation mutuelle. La pédophilie grégaire, par effet de masse. Le sport collectif.

Arthur, je l'ai repéré dans une bourgade voisine, un jardin public, pas loin du bac à sable, évidemment. Il avait des yeux de cocker. Une bouche du genre à baver en voyant passer un gosse. Sur ses genoux : une moitié de sandwich poulet mayonnaise.

Ses yeux ne quittaient pas le trio formé par un petit garçon, sa mère et un caniche gris béton. Le gosse n'arrêtait pas d'asticoter le chien ; il essayait, dès que sa mère avait le dos tourné, d'enfiler une petite branche d'arbre dans le trou du cul du caniche qui se mettait à couiner, et puis la mère aboyait : « Kevin, arrête d'emmerder Fox ! » Et Kevin de répondre : « J' fais rien, m'man. » Avec un sourire acheté à l'église (ou acheté au curé). La mère se retournait, vaquait à nouveau, et dès que le gosse recommençait, Arthur semblait au summum de la jouissance, comme si un membre long et invisible, un membre virtuel (ah, si j'étais Elastic-Man), sortait de son corps pour aller se glisser entre les fesses du môme.

« Il y a des fois où on voudrait être l'homme invisible, non ? je lui ai dit en souriant.

— Qui êtes-vous ? »

J'ai tourné ma tête vers le gosse qui venait enfin de sodomiser le caniche ; le bâton dépassait à peine du trou du cul, et le chien se trémoussait.

« Je suis comme vous, j'ai répondu. J'aime les êtres faibles… »

Il a paru se détendre. J'ai même cru voir un sourire planer sur son visage.

Je me suis assis, et, en silence, nous sommes restés là, côte à côte, à mater le gosse.

« Je préfère quand il y a un vagin... », il a dit au bout d'un moment.

Eh ben, mon Arthur, je te trouve bien cash !

« Les petites filles ? j'ai fait.

— Oui. » Il a souri. « Les chiennes... » Puis : « Je suis pas pédé. T'es pédé, toi ?

— Moi... ? Oh non. Pas du tout.

— Quelle couleur ? il a dit.

— Blonde. Non. Brune en ce moment.

— Plutôt rare. Moi, c'est gris.

— Gris ?

— Ouais. Beige ou crème, c'est pas mal aussi. Et noir. Et surtout petit. Plus elles sont petites, plus j'aime. J'adore les chows-chows. Et les caniches aussi. Mais faut que ça soit des chiennes. Je suis pas pédé... »

Arthur m'a confié qu'il se sentait traqué par toutes les mamies du coin. Quand il m'a demandé ce que je faisais, moi, pour m'en sortir, je me suis trouvé bien con.

Je lui ai pas dit que j'aimais les enfants. J'ai juste dit : « Change de catégorie. Passe à autre chose. Laisse tomber les chiens.

— Pas question. Je veux pas m'abaisser à baiser n'importe quoi, sous prétexte que j'ai la SPA au cul. Tu fais ça, toi ?

— Pas vraiment. Actuellement j'en subis même les conséquences.

— Ah bon ? T'as eu une amende... ?

— Pire.

— Non ! Tu sors de taule ? Ne me dis pas qu'ils nous foutent en taule parce qu'on encule leurs chiens ! »

Pas pour leur chien, j'ai pensé. Mais si une petite loi

passait, on pourrait peut-être t'y envoyer, toi aussi, au bagne ou dans un programme spécial, et peut-être que tu rencontrerais ton Vieux à toi aussi, et qu'il aurait une chienne du nom de Rose, et…

C'est peut-être moi, au fond, qui devrais changer de catégorie.

Jean était militaire. Capitaine. C'est lui qui m'est tombé dessus. À Cherbourg. Il m'a reconnu, malgré la moustache et les cheveux, Dany King, l'ex-idole des enfants, le pédophile. Je marchais sur le port, je regardais la mer, j'essayais de pas penser, la mer il paraît que ça calme, mais celle-là était pas calme du tout, pleine de vagues, grise, pleine d'écume. Comme moi. J'ai vu ce type qui me suivait, avec son uniforme, le calot, armée de terre, les galons, il était sec, il marchait avec ses nerfs. Je me suis dit : c'est pas toi qu'il suit, calme-toi, tranquille. J'ai ralenti. Il s'est approché. Je me suis mis à courir, lui aussi, il va me tuer, j'ai pensé. Un moment, je me suis même dit : un copain du Vieux, si ça se trouve. Pour me faire la peau. On courait, on est arrivé au bout de la jetée, après il y avait plus rien, la mer, je me suis retourné, je t'attends, je me laisserai pas buter comme ça ; il s'est arrêté à quelques centimètres de moi, et il s'est mis à pleurer.

« Tuez-moi, il a dit. Je veux mourir. » Il m'a dit aussi qu'il savait qui j'étais, Dany King, il m'a dit que si je ne l'aidais pas, si je l'obligeais pas à aller voir la police, alors il se foutrait en l'air.

Et puis il m'a dit qu'il voulait se tailler les veines tout de suite en fait. Ou se faire sauter la tête. Il m'a montré son revolver. Un gros truc. Noir. Luisant. Il me l'a mis entre les mains, de force, il s'est mis à genoux devant moi, il a avalé le canon, et il a fermé les yeux, tuez-moi.

On est resté comme ça un moment, le moment super tragique. Et puis j'ai commencé à rire. J'imaginais la scène vue de loin : moi debout, lui à genoux devant ma braguette, l'énorme pistolet dans la bouche, le capitaine suce le blond moustachu sur la jetée, ça m'a tué, j'ai éclaté de rire.

« Non, je vais pas te tuer », je lui ai dit.

J'ai ôté le canon de sa bouche, ça a fait « schlop », il y avait de la bave au bout. Je l'ai aidé à se relever. « T'es puceau, c'est ça ? » j'ai demandé.

Il a fait oui de la tête.

« Et tu veux crever sans avoir baisé ? »

Il a baissé les yeux. Ils font toujours ça, baisser les yeux comme des pucelles effarouchées.

17

« Ok, maintenant qu'on est tous là, ensemble, on va pouvoir y aller, j'ai dit.

— Aller où ? » s'est inquiété Jean.

J'ai fait un sourire de chef. « Chercher un ange. Un petit ange tout blond.

— C'est quoi, un ange tout blond ? a demandé Jean.

— Un gosse dans une église, a dit Raymond, en se frottant les mains.

— Pas mal, Raymond. Mais non. En fait, j'ai repéré un camp scout, près de Valognes. Un endroit charmant. »

Raymond s'est mis à saliver. Des scouts, des vrais, il ne devait pas y croire, c'était pas réel, des scouts pas en pâte d'amande, en chair et en os. Jean n'a rien dit. Mais en partant, je l'ai pris à part et je lui ai dit qu'il devait venir, c'était important, il faut vivre son destin, il faut essayer au moins une fois, j'avais presque l'impression d'être un prêtre, un curé qui parle au militaire alors qu'il part au front ; j'essayais de le stimuler. Même Raymond est venu m'épauler.

« Ça peut pas être pire que la Bosnie, il a dit.

— Je ne suis pas allé en Bosnie, a dit Jean.

— Ou l'Irak.

— Je ne me suis jamais battu.

— Justement, c'est le moment de se battre, Jean, j'ai dit. C'est le moment de montrer que la meilleure part de toi peux prendre le dessus sur la mauvaise, que l'amour peut vaincre la peur. » Je l'ai presque chantée, ma tirade.

On y est allé avec la camionnette de Raymond, j'avais fait des repérages, je leur ai dit qu'il y avait une clairière où un des scouts venait régulièrement chercher du bois, je leur ai expliqué que j'allais y aller, que j'allais le convaincre (je suis encore Dany King quand même), et voilà, l'affaire était dans le sac.

« On fera ça à l'arrière de la camionnette... », j'ai dit.

Raymond a insisté pour être le premier.

« Pourquoi ? j'ai demandé.

— Parce que c'est moi qui fournis la camionnette. »

J'ai pas insisté.

Je suis entré dans la clairière.

Le scout, un gosse de dix ans, blond, en uniforme, arrive bientôt. Mon pied fait craquer une branche. Il entend. Il se demande : que faire ? Décamper ou aller voir ? L'info passe mal dans son cerveau. Hésitation. Le scout dilemme à fond. Résultat ? Il ne bouge pas. Rien. Droit comme un chien d'arrêt. Toujours prêt. C'est ça qui me plaît le plus avec les scouts, c'est la devise. Toujours prêts. Mais toujours prêts à quoi ?

Je me jette sur lui avant qu'il m'aperçoive, je plaque une main sur sa bouche, une autre sur les yeux, je le soulève de terre, et je le transporte en courant à la camionnette.

Jean et Raymond me voient. Ouvrent la bouche, la ferment.

Raymond réagit finalement. Il me file des cordes. Il lui enfile un sac à pain sur la tête, et il l'assomme.

Jean nous mate sans rien faire. On dirait que ses yeux vont sombrer au fond des orbites.

Quand le scout est ficelé, qu'il gît sur la plate-forme de la camionnette, toujours avec son sac sur la tête, Raymond se passe une main dans les cheveux, souffle, me demande pourquoi j'ai fait ça, pourquoi je l'ai kidnappé.

« Il allait s'enfuir. J'ai paniqué, je murmure pour que le gosse n'entende pas, et avec une voix tremblante.

— Qu'est-ce qu'on fout, maintenant ? » dit Raymond.

Jean est paralysé.

« J'en sais rien, je fais.

— Il t'a vu ?

— Je crois. » (Toujours mentir avec aplomb — leçon numéro 1.)

« Alors on peut pas le laisser se barrer comme ça..., dit finalement Raymond.

— Qu'est-ce que tu veux dire ? je fais, avec des sanglots dans la voix.

— D'abord, on lui fait le cul... » (Mon Dieu, Raymond, quelle délicatesse boulangère...)

« Et après ? » je dis.

Raymond ne répond pas. Il déculotte le scout, le met en position, fesses marmoréennes en l'air. On dirait qu'il manie de la pâte à lever. Il se déboutonne, ouvre sa braguette. Et il dit : « Me regardez pas. Ça me déconcentre. »

Et au moment où il sort son pénis — un croissant au beurre ! — Jean lui écrase un énorme caillou en pleine gueule.

Un jet de sang fontaine dans tout les sens. Raymond s'attrape le visage à deux mains.

Il se prend un deuxième coup de caillou. Sur le haut du crâne, cette fois. Un bon son sec, craquant. Crâne-quant, même.

Moi... ?

Je ne fais rien. (Leçon numéro 2 — quand ça pète, et ça doit arriver tôt ou tard, surtout ne pas s'interposer, se faire oublier.)

Raymond s'effondre. Du sang pisse dans tous les sens. Jean s'acharne. Il y a un gros trou épais, suintant, style cratère de volcan, au milieu du crâne du boulanger. Encore un coup. Et un autre.

Je finis par lui prendre la main, l'autre. Il se retourne vers moi, avec des yeux fous.

Moi, avec ma voix de chanteur la plus chaude, la plus enveloppante : « C'est bon, Jean, c'est bon. Arrête. »

Il lève la pierre, prêt à me frapper ; il est brusquement secoué de sanglots. Il lâche la pierre, s'effondre sur ma poitrine.

« Calme, Jean. Calme. »

Je lui embrasse le front. (Leçon 3 — materner le tueur. Lui dire : tu n'avais pas le choix, comme le ferait une vraie maman. Le protéger.)

Je reculotte le scout.

On est d'abord allés chez Jean, on a laissé le scout dans la baignoire de la salle de bains, avec un bâillon en plus, pour que personne ne l'entende, et ensuite on s'est débarrassés de la camionnette dans la mer, hors de la ville, avec Raymond au volant. On l'a regardée couler, je ne crois pas en Dieu mais j'ai quand même fait une prière, c'était la première fois que je voyais un mort. Ça ne m'a pas vraiment fait mal, non, il y a toujours des victimes, justice ou pas, c'est comme ça, mais plutôt bizarre ; j'ai pensé à sa femme, à sa boulangerie, il aurait dû rester et baiser ses scouts en pâte d'amande. Après, on est retournés chez Jean. Le scout n'avait pas bougé. Jean a flippé. Il voulait qu'on le relâche. Je lui ai dit que maintenant, il ne s'agissait plus de ma seule sécurité à moi, mais de lui aussi : il y avait un meurtre à la clef. Jean parlait tout seul. J'avais l'impression qu'il pleurait des mots. Coupable. Mourir. Meurtre. Guillotine. Injection létale. Prison à vie. Et puis il n'arrêtait pas de dire : si maman voyait ça. Mon Dieu, maman ! Maman ! Il a eu un haut-le-cœur, il est allé vomir, je l'ai suivi, je lui tenais la tête, il vomissait, maman, meurtre, il vomissait les mots maintenant, rien ne tenait dans son corps, je le sentais à point, je sentais monter quelque chose de terrible en lui, de noir, de meurtrier, un grand flingue.

Je l'ai laissé seul dans le salon. J'ai fait semblant d'allumer la radio qui se trouvait dans sa cuisine, de chercher des stations, et au bout d'un moment je suis revenu le voir. Sa gueule linceul. Sa peau suaire. Jean sentait la mort.

« Les flics ont déjà retrouvé Raymond », j'ai dit.

Alors, là, c'est comme si je lui balançais un coup en pleine gueule. Il s'est raidi.

Je suis retourné dans la cuisine, j'ai rallumé la radio. Cette fois, je ne suis pas retourné au salon. J'ai juste gueulé : « Ils ont chopé un indice. Des fibres textiles. De l'ADN. Des preuves, tôt ou tard. »

Là, j'ai composé sur mon portable le numéro de la ligne fixe de Jean. Ça a sonné. Une fois. Deux fois. Trois fois. Jean ne répondait pas. Finalement, j'ai laissé mon portable sur la table de la cuisine et je suis allé voir. Le téléphone était juste à côté de lui, et il ne bougeait pas un doigt, rien, il le laissait sonner. J'ai décroché. J'ai fait semblant d'avoir une conversation sérieuse. Au bout d'un moment, j'ai reposé le combiné.

« C'était les flics, j'ai dit. Ils arrivent. »

Jean n'a pas ouvert son bec.

« Il faut qu'on se tire. Viens. »

Jean s'est pris la tête entre les mains.

« Arrête de déconner. Viens », j'ai insisté en le tirant par la manche mais sans grande conviction.

Finalement, je l'ai laissé, je suis sorti, et j'ai claqué la porte à la volée et je suis descendu par l'escalier. À mi-parcours, je me suis arrêté. J'ai compté jusqu'à dix, et je suis remonté.

Devant sa porte.

J'attends encore un peu. Un, deux, trois, vas-y. Fais-le. Fonce.

Je sonne.

Je fausse ma voix. Je crie : « Police ! »

Un coup de feu.

J'avais les clefs, je suis entré, il ne s'était pas loupé. Avec son arme de service.

J'ai enfilé son uniforme, je me suis regardé dans un miroir, et je suis resté un moment là, j'étais en admiration tout d'un coup devant cette personne super qui était moi mais que je ne reconnaissais plus, la classe, blond, moustachu, la raie sur le côté, un inconnu, un mec bien, juste et honnête, qui a le droit avec lui, salaud de Vieux, salaud de pédéraste. C'était pas seulement l'uniforme, mais aussi le visage qui avait changé, ça m'a fait penser à mon psy du *programme spécial*, sublimation, mes yeux brillaient, il y avait comme une aura autour de ce reflet, l'ange justicier, James Bond, un rôle cent pour cent pour moi. Je me suis senti hyper motivé, gonflé à bloc. Cette aura, autour de moi, c'était la pureté ; si j'étais croyant j'aurais dit un don du ciel.

J'ai habillé le cadavre de Jean avec mes fringues et je suis entré dans la salle de bains. Le scout se débattait au fond de la baignoire, une anguille, j'ai commencé à le détacher, j'ai enlevé le sac de sa tête, le bâillon, je l'ai aidé à sortir.

Il avait les joues rouges. Des traînées de sel au coin des yeux, larmes sèches, pauvre gosse. Je lui ai dit de se calmer, je suis là pour te sauver. Il a vu l'uniforme. Mon visage de justicier.

« Je suis agent secret », je lui ai expliqué.

Il a fait des yeux tout ronds. Agent secret… ? Comme au cinéma. La classe.

« Je traque une organisation criminelle internationale. Un réseau de pédophiles », j'ai dit en fronçant les sourcils. Puis, je me suis accroupi devant lui, j'ai posé mes deux mains sur ses épaules, et j'ai ajouté : « J'ai besoin de toi mon garçon. »

18

Planqué dans un garage, j'ai fait le guet. Une voiture a fini par arriver. La portière a claqué. La mémé marchait à peine. Elle était hors d'âge. Un fossile. Je n'ai même pas eu à courir, moi qui pensais que le métier de voleur était vachement dur. Entre sa voiture et l'ascenseur elle a bien mis cinq minutes.

Quand je me suis glissé dans son dos, j'ai eu cette pensée : cool, Simon.

Du coup, au lieu de lui tomber dessus, je me la joue vraiment peinard ; je la précède en la saluant, comme si j'étais moi-même propriétaire d'un véhicule et rentrais chez moi à la même heure. C'est tout.

J'appelle l'ascenseur. Mémé me rejoint, me regarde de travers. La cabine atterrit, ouverture des portes, je m'efface, mémé hésite. Allez, mémé, me rends pas la tâche plus compliquée, SVP.

Miracle : elle finit par entrer.

Je la suis.

J'appuie sur le bouton de l'étage le plus élevé (le 10ᵉ).

Elle se contente du 4ᵉ.

L'ascenseur décolle.

Je vais tendre la main vers son sac.

Elle m'anticipe.

Recule brusquement.

« Je vous préviens, je vous laisserai pas me voler. Il faudra me forcer, et si vous me forcez, mon cœur va lâcher, et je vais mourir parce que mes pilules sont chez moi, là-haut, et le temps que vous appeliez les pompiers ou que vous essayiez de trouver mon appartement et mes pilules, je serai déjà partie... »

Elle reprend son souffle. Colle son sac contre sa poitrine. Oh non ! Pitié, mémé ! Pas ça ! Pas le chantage à la mort ! Je veux pas te tuer, moi ! Je veux juste ta voiture !

Je tombe à genoux.

« Madame, j'ai besoin de votre aide... je dis.

— J'ai pas d'argent.

— Votre voiture... Juste votre voiture... Et après, je vous la ramène. Dans une semaine maximum... »

Du coup, j'ai dû lui expliquer. Histoire d'amour impossible avec Rose. Déchéance. Le diable qui me poursuit. Bien sûr, j'ai pas dit l'âge de Rose, pour pas choquer. J'ai transposé. Rose, vingt ans après.

Mémé m'a regardé. J'ai vu ses yeux atteindre les cent pour cent d'humidité.

« Venez me raconter votre histoire en détail », elle m'a dit.

Je l'ai suivie chez elle ; elle m'a offert du whisky, elle en a bu elle-même deux verres !

À la fin du premier verre, elle est allée chercher des photos : son mariage, ses enfants, elle jeune, elle divorcée, ses voyages. Il n'y avait pas de photos de sa solitude de vieille dame. Elle m'a dit qu'elle trouvait des compagnons de whisky en sortant dans la rue.

« Mais c'est la première fois que je tombe sur un voleur », elle a confessé en riant.

En partant, je ne sais pas ce qui m'a pris, je l'ai embrassée, c'est quand même mieux que de lui balancer un poing dans la gueule. C'était vraiment quelqu'un de chouette, je me suis juré de ne plus insulter tous les vieux que je voyais. Je suis le justicier, le bon petit gars.

19

À midi, on s'est arrêtés. Le scout avait faim, moi aussi. On avait pas mal roulé, pied au plancher, arriver le plus vite, finir ça avant qu'on comprenne l'embrouille, la mort de Jean, le corps de Raymond, toute la combine.

Aire de Beuzeville. 20 kilomètres de Caen. 200 de Paris. Station-service. Essence. Resto. Chiottes avec sèche-mains. Rayon librairie. Rayon bouffe. Souvenirs. Musique. Aire de jeux pour les enfants.

J'ai acheté un sandwich poulet pour le scout, curry pour moi, avec des tas d'épices, ensuite j'ai bouffé un yaourt à la rose.

J'ai voulu qu'on reparte vite, mais je trouvais plus l'autre petit enfoiré si bien que je me suis mis à courir dans toute la station, il est où bordel ce petit con, il va tout faire foirer.

Au stand crèmes glacées. C'est là que je l'ai retrouvé, il était en conversation avec la vendeuse, une fille de vingt ans, métisse, cul d'Afrique, yeux d'Asie, seins de France, haut perchés, menus. Un chouette regard.

Le scout m'a vu, il a souri. Il a dit à la fille : « C'est lui. C'est mon capitaine. » Il a bombé le torse, et puis il s'est tourné vers moi : « Elle, c'est Marie. »

J'ai salué la fille. Elle a rougi, ses yeux se baladaient entre les pointes de ses chaussures.

Le scout a dit : « Marie m'offre une glace.

— Deux glaces », a corrigé la fille en me souriant.

Je commençais à avoir envie de me tirer de là. Il ne me restait pas beaucoup de temps. « Il faut qu'on y aille, j'ai dit. On a des choses à faire. »

Le gosse a eu l'air déçu, la fille aussi. J'ai pensé à ma vie, à mes emmerdes, si on les empilait, on pourrait construire un escalier jusqu'à la lune. Et puis je me suis dit : maintenant, c'est différent, maintenant tu as changé, tu as l'uniforme, t'es le justicier, l'homme blond. N'oublie pas.

Je me suis assis. Le gosse a crié victoire. « Après, on s'en va », j'ai dit au scout. Je l'ai attrapé par le bras. « Je fais ça pour toi », j'ai murmuré.

Pendant que la fille nous préparait les glaces, le gosse a dit : « Vous voulez pas me rendre un service, capitaine ?

— Quoi ?

— Lui demander si elle a un petit ami. »

La fille s'est retournée à ce moment, j'ai fait celui qui n'a pas entendu, et elle m'a tendu un Banana Split, sa main a effleuré la mienne. Gros frisson.

« Mon capitaine... », a murmuré le scout.

J'ai eu un flash. J'ai essayé de m'imaginer deux secondes avec cette Marie. On aurait une vie normale, je ne serais pas pédophile, on aurait des enfants, une maison au milieu des champs, je serais militaire, et elle marchande de glaces, des enfants, filles et garçons, et puis un jour je deviendrais colonel, elle chef de rayon ou même de magasin, et puis la retraite, et nos enfants auraient des enfants eux aussi, et je serais au coin du feu, je leur raconterais des histoires, les petites têtes vibreraient au son des rires, tintements de clochettes, Marie nous rejoindrait, elle nous aurait préparé à tous des coupes de crème glacée, ce serait le soir, avant de se coucher pour les enfants, de la crème glacée, le dessert, et après Marie irait coucher les enfants, puis elle me rejoindrait au lit, en chemise de nuit, et on s'embrasserait sur le front, on s'enlacerait, et là, ma main passerait sous sa chemise, et…

Là, j'ai bloqué.

Le film, dans ma tête, s'est coupé exactement à cet endroit-là. Censure. À la place, sous mes yeux, j'ai vu lentement apparaître mon assiette, avec le Banana Split, et je n'ai plus vu que ça, la banane flottant dans cette barbe de chantilly. Impossible de tremper ma cuillère là-dedans.

Non, je me suis dit, la vie n'est pas comme ça. Ça, c'est un virage à 360 degrés. Marie. La maison. Les enfants. La crème glacée. Les petits-enfants. Le coin du feu. Ça, c'est le cinéma. Le prochain film américain. Bientôt sur vos écrans. Mais moi, je ne tiens pas le premier rôle, c'est impossible, même avec la plus canon des stars de Hollywood, même là, je ne suis pas crédible.

J'ai lâché ma cuillère dans la sauce chocolat. Le scout m'a maté deux secondes, il a coupé un morceau de la banane avec ses doigts, l'a avalé, et il a dit : « Super bon. » Puis : « Si vous en voulez pas, moi je la mange.

— On se casse, j'ai dit.

— Vous n'avez pas fini », a fait Marie.

Je me suis levé, j'ai pris le scout par la main, j'ai regardé Marie dans les yeux, et j'ai essayé de lui faire passer le message avec cet unique regard, désolé, vraiment, mais bon, cet homme-là c'est pas moi, voilà, dans une autre vie peut-être, tu aurais douze ans de moins, je serais le même. J'aurais pas de maison à t'offrir, pas d'enfants à te proposer, pas de petits-enfants. Par contre, on aurait toujours un moment pour jouer. Si tu remplis toutes ces conditions, Marie, appelle-moi. Passe-moi un coup de fil. Je t'attends. Simon, l'homme à la caravane, le poor lonesome cow-boy. Lucky Luke.

On a repris la route. Le scout faisait la gueule, je l'ai bien senti.

« De toute façon, elle était trop vieille pour toi, je lui ai dit. Prends des filles de ton âge, c'est beaucoup mieux.

— J'aime pas les filles de mon âge.

— T'as tort. Crois-moi. T'as super tort. Tu verras plus tard, tu regretteras. »

20

« Je suis venu parler », j'ai dit au téléphone.

Le Vieux m'a dit : « Je ne pense pas avoir beaucoup de temps. »

Pause. J'ai pris une bonne bouffée d'oxygène. Fallait que je dise quelque chose.

« Je veux faire la paix.

— C'est quoi la paix, d'après toi, Simon ?

— Un accord. »

Il a ri. « Tu peux trouver mieux que ça, non ?

— J'ai un cadeau…

— Quel genre de cadeau ?

— Blond. Dix ans. Yeux bleus. Sexe : masculin. »

Long silence, pendant lequel j'entends la respiration du Vieux qui passe à 1 000 tours minute, puis : « Teint de peau ?

— Hâlé. Sain. Vie au grand air. »

Nouveau silence. 3 000 tours minute !

Enfin : « Viens à l'hôtel », il dit.

C'est parti !

Quand il m'a vu arriver avec mon scout, c'est à peine si le Vieux ne m'a pas ouvert les bras, viens là que je t'embrasse, mais c'est pas moi qu'il regardait, évidemment. Et pendant qu'il me serrait dans les bras, j'ai senti son corps trembler, ça grouillait de petites hormones affolées ; pour un peu, il m'aurait bavé sur l'épaule. Il balançait des regards volcaniques au scout. Il m'a embrassé sur le front. Le Vieux, tout miel. Il mielait à fond.

« Tu as l'air en forme, il m'a dit en me serrant encore une fois. Je suis content. » Il s'est écarté de moi. « On dirait que tu as même pris du muscle, et perdu un peu de ce côté ado... » Il a ri.

Le scout était en train de mater la sculpture, la nana à poil, taille réelle, en bronze, avec son épée brandie droit devant. Il scotchait totalement. Les deux pupilles sur le pubis en bronze.

Le Vieux m'a pincé la joue. Puis il m'a repris dans ses bras, miel, il a approché ses lèvres de mon oreille, miel, et il a murmuré : « Qui est-ce ?

— Un ami de la cause... », j'ai fait, en souriant. « Il avait hâte de te rencontrer. Je lui ai dit que t'avais peut-être un petit rôle pour lui dans ton prochain show.

— Il, euh, il est scout... ?

— Cent pour cent !

— Tu ne m'avais pas dit ça...

— Je gardais le meilleur pour la fin. »

Murmurire du Vieux dans mon oreille. On dirait le sifflement d'une pucelle. Une terrible envie de lui balancer ma main dans la gueule, de lui décrocher son joli lifting, suivez le pointillé, date de péremption largement dépassée, poubelle !

Il s'est écarté de moi. Un œil côté scout, il m'a dit : « Présente-moi à ton ami... »

Et c'est là que je me suis aperçu que je ne connaissais pas le prénom du scout, ça la fout mal, et que j'arrivais toujours pas à prononcer celui du Vieux, et ça m'a fait tout bizarre de me dire que toute cette histoire finissait comme ça, trois anonymes, ensemble, dans une suite du Royal Babylone.

Le Vieux s'est occupé des présentations, et il a demandé au scout : « Tu sais chanter ? »

Le scout m'a jeté un regard panique. J'ai fait oui de la tête. Il a dit que oui, qu'il savait.

Le Vieux a demandé, tout sourire : « Tu veux bien me montrer ?

— Bien sûr qu'il veut ! » j'ai dit.

Le scout a fait oui de la tête.

« Dans ma chambre… ? » a murmuré le Vieux, en me pornographiant un sourire.

Moi : « Évidemment ! »

Le scout oui-oui de la tête.

Le Vieux a posé une main sur l'épaule droite du scout, et il a essayé de l'embrasser dans le cou. Ça m'a filé un coup de chaleur, voir ça, mais j'ai rien dit. Rien du tout. Ta gueule, Simon !

Le scout s'est un peu écarté.

Le Vieux : déception, le visage désolé, morne plaine.

Mes yeux sont devenus deux tigres, et le scout a vu les tigres, et il a souri au Vieux, et il a même dansé deux pas dans sa direction.

« Bon, j'ai dit, on va pas y passer la nuit, non, à cette audition ?

— C'est vrai, a fait le Vieux, allons-y. » Il a re-épinglé le scout par l'épaule, mais plus ferme cette fois, il a commencé à l'emmener vers la chambre, et le gosse a dit : « Je peux pas regarder la statue encore un peu ?

— Tu pourras la regarder tant que tu veux après, mon chéri, a dit le Vieux.

— C'est ça, tu lui materas le cul autant que tu voudras, fils ! » j'ai crié, pendant que le Vieux l'entraînait vers sa chambre.

Dès que le Vieux a refermé la porte, j'ai foncé, je me suis barré de la suite, et je suis parti attendre près de l'ascenseur, au bout du couloir. Rien. Il se passait rien. J'ai poireauté un peu. Toujours rien. Je vais compter, je me suis dit, et je me suis mis à compter, jusqu'à cent. Toujours rien de rien. Je vais marcher un peu. J'ai marché de long en large dans le couloir. Zéro. Pas un souffle. Pas un bruit.

J'ai commencé à flipper, je suis retourné direction la suite, j'avais pas fermé la porte si bien que je suis entré, toujours rien, alors je me suis avancé vers la porte de la chambre du Vieux, et je n'y suis jamais arrivé...

21

Des témoins rapportent que l'explosion a soufflé toutes les vitres de l'étage. Certains d'entre eux prétendent, détail super croustillant je trouve, avoir vu le Vieux traverser la fenêtre de sa chambre et voler par-dessus les toits jusqu'à la colonne Vendôme où il s'est écrasé.

Et maintenant que je suis là, bloqué à vie sur ce lit d'hôpital, le corps bouffé par la paralysie et un paquet de maladies, des tuyaux qui entrent et sortent de mon corps, et que je peine — de plus en plus chaque jour ! — à parler, et qu'il me reste tout juste quelques neurones pour dérouler mon histoire, je me rejoue cette scène le plus souvent possible. Tous les jours ! Je me fais le making-of du film !

J'imagine ce qui s'est passé à l'intérieur de la chambre, ce que je n'ai pas pu voir.

C'est probablement le seul spectacle qui me tienne encore en vie, maintenant. Parce que quand j'y pense, je ris. Et quand je ris… *tu ris aussi / tu aimes tellement la vie…* Quand je ris, j'ai plus d'oxygène qui entre dans mes poumons, et donc j'allonge ma vie de quelques secondes supplémentaires, merci à tous ! Faites-moi rire ! Simon a besoin d'un clown, bordel, pas d'une infirmière ! Une petite clown blonde ! Une Candy Girl, Yeah !

Donc je me fais mon petit film des événements : La scène est tournée en cinémascope. La chambre du Vieux au Royal Babylone. En fond : une grande fenêtre ouverte sur la nuit.

Silence...

Action !

Le Vieux court après le scout, Faune poursuivant un Elfe des Bois en uniforme vert plus foulard rouge autour du cou. Le Faune n'a pas de sabots mais des mocassins (à glands dorés) qui craquent sur le parquet ciré de la suite du Royal Babylone. Ah, ce Faune... ! Quelle grâce ! Quelle émotion ! Quelle... érection !

Décors : il y a ces espèces de tapisseries aux murs, vous savez, les trucs super anciens de je sais plus quel siècle, avec des animaux, la forêt, des chevaliers et des dragons, on se croirait en plein Moyen Âge ! Une scène bucolique !

L'Elfe blond (qu'il est beau, lui aussi, ses mèches étincelant sous la lumière des lampes) rebondit d'un coin à l'autre de la chambre. Autour des chaises. Par-dessus le lit. Il fuit.

Le Faune s'essouffle dans son dos. Il rit. Il tousse. Il quinte de toux. S'appuie, là, sur le dossier d'une chaise. Ici, contre une armoire. Sa voix peine à sortir de sa bouche asthmatique.

(Alors, pauvre Vieux, où t'as mis tes petites pilules qui te maintiennent en forme ? Tu les as perdues ?)

Pauvre Vieux... Fini l'âge des cabrioles... T'es un vieux faune, maintenant, faut assumer. Faune aphone, va !

Pauvre Vieux, tu ignores encore que mon petit Elfe des Bois, mon Elfe à tunique verte est truffé de...

TNT !

Eh oui, le Faune !

Sous la chemise du scout, j'ai planqué :

Une GDEF !

Grenade Directionnelle à Explosion Faciale !

Le tout dernier gadget de l'Armée ! Une blague pour champ de bataille particulièrement tordu, le truc qui frappe super chirurgical. Merci, l'Armée ! (Et merci encore à Jean pour l'uniforme !) Encore une bonne invention bien humaniste ! Inventée pour les kamikazes (il y a un marché, il paraît...) !

Je sais !

Je sais...

Les âmes sensibles me diront : et le scout dans tout ça ? Qu'est-ce qu'il t'avait fait le scout, le petit Elfe des Bois pacifiste, serviable à corvée, si doux, si amoureux de la petite marchande de glaces du bord de l'autoroute... Pourquoi, Simon, avoir farci le pauvre enfant avec une GDEF ?

Réponse : Quand on rend la justice, on doit consentir des sacrifices. Des dommages collatéraux. Et puis le scout c'est LE piège à Vieux. C'est tout. Un ange en uniforme. *Qu'il était beau, qu'il était blond / Il sentait bon le sable chaud / Mon LÉGIONNAIRE*... Après la femme fatale, le scout létal ! Le Petit Lu qui fait boum ! Le biscuit à retardement !

Fin de la parenthèse.

Retour au film :

Le Vieux finit par coincer sa proie près de la fenêtre. Le scout ouvre de grands yeux. Le Vieux s'approche encore, il glisse sur le parquet à sa rencontre, holiday on ice !

À partir de maintenant, la scène se passe au ralenti. Le bras du Vieux suit une courbe, sa main s'envole, traverse le vide intersidéral qui le sépare du beau scout. Pas une main : un vaisseau spatial. Orbite autour de la planète Scout, préparez la descente en atmosphère.

La soucoupe volante passe dans le regard du jeune garçon. Regarde-la bien mon enfant, cette main qui vole, dans deux secondes tu ne la verras plus ; elle sera dans ta culotte.

Mais avant la pornographie, un passage érotique s'impose : La main du Vieux se pose sur le cou du scout. Il lui arrache son foulard. La passion selon le Vieux. Attention, lecteur, ça devient hot. Le Vieux se colle le foulard sous le nez, et le respire. Ça, c'est le Vieux. Respirer. Voilà de quoi il se contente.

Parfum : Fleur des Bois. Mousse. Écorce. Terre humide et terre australe ! Aurore Boréale !

Le Vieux retient un cri dans ses poumons. Il exulte. Le réveil du volcan.

Et c'est seulement là, maintenant, qu'il se lâche ; quand il a fait son plein d'odeur, qu'il a les poumons et le cœur complètement envapés !

Il se jette sur la chemise du scout. Ses doigts tricotent sur le premier bouton, bordel de merde c'est résistant cette saloperie !

Il a la tremblote, le Vieux, mais il n'est pas du tout du genre à renoncer, l'amour donne des ailes.

Il arrache le premier bouton. S'excuse. Je t'en repayerai plein d'autres. En or si tu veux, oh, mon petit prince. En or. En platine. En diamant. Tout pour toi. Tout. C'est ça qu'il doit lui dire.

Le col de chemise est ouvert.

Une petite veine se met à battre sur le cou de l'ange blond. Il commence à se demander, j'imagine, devant cette étrange créature, jusqu'où lui commande d'aller son devoir. Doit-il être loyal envers moi ?

Mais le Vieux est plus rapide, maintenant. Deuxième bouton : Ach ! Die poitrinen ! Das meilleur morceau !

Troisième bouton...

Le Vieux regarde le scout dans les yeux. Lui sourit. Lui dit : « Tu aimes les massages ? »

Le scout ne dit rien.

Quatrième bouton ; il n'en reste plus qu'un...

Le Vieux dit : « Tu veux que je te fasse un massage ? »

Et là, mon petit scout de répondre (en fin d'hésitation, probablement soucieux de jouer le rôle jusqu'au bout, à la perfection, et croyant s'adresser à moi par le truchement de micros qui n'en sont pas, désolé, des GDEF je l'ai dit...) :

« Toujours prêt ! » (Je me demande même s'il n'a pas fait le signe à ce moment-là, le salut scout ; lever index et majeur vers le ciel, comme une prière...)

Alors, le Vieux referme ses doigts sur le dernier bouton...

Mon Dieu, j'aimerais me mettre une seule petite seconde dans la tête du Vieux ! Savoir ce qu'il a pu ressentir à ce moment-là, quand la victoire était dans sa main, ce dernier bouton de chemise, et qu'il s'attendait enfin à découvrir le torse bronzé de son soldat des forêts, de son boy-scout, son louveteau immaculé.

J'aimerais tant voir ça…

Le O de surprise et d'admiration sur la bouche du Vieux. Cet hymne à la joie !

Ce cri de ravissement qui se mue, en quelques dixièmes de secondes, en…

En quoi, d'ailleurs… ?

En triple O : « GrOs bOOm ! »

Le dernier bouton de la chemise est le détonateur de la vénérable Grenade Directionnelle à Explosion Faciale ! Un détonateur sensible aux écarts thermiques : une simple pression des doigts lance l'impulsion : le scout, le Vieux, la chambre : tout est balancé en orbite haut, très haut-dessus de la ville.

Et moi… ?

Ce n'est pas l'explosion qui m'a fauché.

En marchant vers la chambre du Vieux, j'ai entendu son rire, sa voix qui se rapprochait et j'ai cru qu'il s'amenait, si bien que j'ai fait une marche arrière immédiate, sans coup d'œil dans le rétro. Même pas dans l'angle mort.

Mais c'est justement de l'angle mort qu'est venue l'attaque : La statue.

La femme de bronze.

Avec son épée, tendue devant elle, longue, une bonne pointe. Effilée. L'épée qui vous ouvre en deux gros steaks saignants, prêts pour l'emballage.

J'ai fait un pas de trop.

Juste un.

Même pas ! Un demi-pas !

J'ai senti LE froid au milieu de mon dos. Gelé. La lame qui me rentre dans le corps. L'épée. Dos. Colonne vertébrale. Moelle épinière. Ressort par le ventre, Simon l'épinglé, plus possible de bouger.

Deux secondes. On reste comme ça deux secondes, la statue et moi. Dans cette pose. Ses bras autour de moi, ses nichons en bronze dans mon cou, son épée à l'intérieur de moi. Enlacés. Immobiles.

Et puis, elle tombe.

Elle me tombe dessus.

Au moment de l'explosion.

Une statue de deux cents kilos. Bronze.

Imaginez un colis marqué « Fragile » qui passe sous les roues d'un camion, la manière dont il se plie, le papier froissé, le verre qui explose, la faïence qui se brise, le cristal en poussière, imaginez tout ça vous êtes encore loin du résultat.

Je suis compressé. Disloqué. Laminé.

Je suis une œuvre d'art. Les médecins m'ont décousu de la statue. On avait quasi fusionné. Recousu. Re-décousu. Soudé. Ils m'ont reconstruit. Pas un endroit où je n'aie pas un boulon. Pas un os où il n'y ait une tige de métal. Les médecins m'ont redonné un visage. Tout ce qu'ils ne peuvent pas refaire, c'est cette putain de colonne vertébrale, ils ne peuvent pas me la sortir à coups de cric hydraulique, la réparer, la remettre, c'est bon monsieur, voilà la garantie et le contrat d'assistance service après vente, la hot line, n'hésitez pas à nous appeler 24/24 h.

Je suis une œuvre d'art immobile. Je ne peux plus attraper de gamines dans mes bras. Et même si on me lançait une proie, je ne pourrais pas la toucher. Je ne sens plus grand-chose non plus. Je vois. Mal. Parfois il y a une odeur ou deux. Un parfum ? Est-ce que ça vient d'un rêve ou de l'hôpital ? Aucune idée.

Parfois je vois Rose, là, au pied de mon lit. Ou peut-être une autre ? Dorothée ? Non. Encore une autre, jamais vue. Elles ne viennent jamais seules. Toujours accompagnées. Je suis muré dans ma tête. Il n'y a plus de portes. Seulement des fenêtres. C'est toi, Rose ? Dorothée ? T'es qui alors ? Une nouvelle ? N'aie pas peur. Te fie pas à mon apparence, je suis là, bien là, je te vois, je sais ce qu'il y a dans ta tête, dans tes yeux, je sais ce que tu veux, viens, je te le donne, évidemment je te le donne, c'est pour toi, pour toi seule, personne d'autre, je devine bien ce qui te rend chagrine, viens, Rose, viens, Dorothée, et toi aussi, viens à moi parce que je suis un génie, le bon génie, j'ai grandi dans une bouteille, je vis là depuis longtemps, viens, délivre-moi, ouvre-moi un passage, viens, je t'exauce trois vœux.

NOTE DE LA RÉDACTRICE

Concernant la genèse de ce texte, lorsque le projet de ce livre m'a été soumis, j'ai d'abord eu un réflexe de rejet. Manque de courage, ai-je compris plus tard. Et puis, l'idée de rencontrer celui que nous continuerons à appeler Simon, pour respecter la lettre du livre, a fait son chemin en moi, elle est devenue curiosité. Curiosité, je précise, comme celle d'un enfant juste avant d'aller au zoo, en essayant d'imaginer un animal en cage, un singe par exemple. Je n'avais jamais rencontré de pédophile. J'ignorais tout d'eux. De leurs goûts. De leur vie. Et de leur penchant.

Consciente du dégoût que m'inspirait la perspective de passer du temps avec cet homme, j'ai malgré tout accepté. Simon devait répondre à mes questions, je prendrais des notes. Très vite, Simon a voulu lire ce que je rédigeais d'après nos entretiens. En bonne journaliste, je craignais sa censure. Mais en fait, Simon a critiqué ce qu'il appelait ma « réécriture révisionniste des événements ». Il trouvait le texte « trop plat ». « Faux. » « Bidon. » « Nunuche. » Il a voulu que j'écrive directement sous sa dictée, et j'ai d'abord refusé, par déontologie. Pendant plus d'un mois, Simon n'a plus souhaité me parler. « Je fais la grève », m'a-t-il dit. Alors ont débuté ses manœuvres de chantage dont il est coutumier. Et il a bien fallu que ma syntaxe se plie à son désordre mental, expérience, je dois dire, qui ne laisse pas indemne. J'ai, bien évidemment, tenté d'apporter de nombreuses corrections à tout cela ; on peut en lire ici le résultat.

Certains passages du texte pourront parfois paraître « difficiles », sinon inintelligibles, c'est pourquoi il me semble nécessaire d'adjoindre ici des éclaircissements.

Concernant le recours à l'anglais, très fréquent, j'ai pris, pour faciliter la tâche du lecteur, la liberté d'ôter un certain nombre d'expressions, beaucoup en vérité, car les paroles de Simon en étaient contaminées. Pour les mots étrangers qui demeurent, je tiens à préciser qu'il n'est pas nécessaire d'en chercher le sens ou une traduction, le pédophile ayant lui-même peu l'usage de ces langues, et émaillant son texte de phrases surtout entendues à la télévision ou à la radio ou, encore, provenant de disques de variétés. Pourquoi, alors, n'avoir pas tout simplement expurgé le texte français de ses emprunts à d'autres langues ? Il y en avait réellement beaucoup trop. Impossible de se débarrasser de la totalité. Mais, je précise, je ne les ai conservés essentiellement qu'au début du texte. Ils s'effacent ensuite, je l'espère, au profit d'une pensée plus claire, plus ordonnée.

Concernant certains mots inexistants, jeux de mots, et autres borborygmes, ils m'ont été livrés tels quels. J'ai bien essayé de les ramener vers un sens, mais l'élocution du pédophile, certains symptômes de son mal physique et psychique, et ses piètres dispositions dans l'usage de la langue elle-même ne m'ont pas facilité la tâche.

Par ailleurs, l'état de santé de Simon, dès la moitié du livre, s'est profondément dégradé. Il ne parvenait plus à prononcer l'ensemble des mots, ses idées semblaient plus confuses et leurs enchaînements sans lien évident. La chronologie et la structure réelle du récit, elles aussi, ont été malmenées. Je ne suis toujours pas sûre aujourd'hui que la scène mentionnée au chapitre 18 soit située à ce moment de l'histoire, ni même celle où Simon retrouve Rose dans la salle de bains de la suite du Royal Babylone. L'ordre chronologique et événementiel reste encore opaque.

Enfin, concernant l'absurde disposition de la ponctuation, usage de virgules, textes hachés, truffés de points-virgules, parenthèses ou tirets que j'ai là aussi essayé de rétablir sans succès, je voudrais insister : les facultés de parole de Simon sont très atteintes, au point qu'aujourd'hui plus un son intelligible ne sort de sa bouche, qu'il cligne des yeux, et parle grâce à un système de morse complexe qui mêle regards, clignements d'œil (gauche ou droit, indifféremment), grognements. Et malgré cela, Simon parvient encore à distiller ses valeurs fausses, et ses déclarations délirantes, et il m'oblige parfois à écrire des choses qui me répugnent. Malgré sa déchéance physique, Simon n'a, semble-t-il, jamais renié ses penchants. Il lui est souvent arrivé de me provoquer, en me posant des questions obscènes sur ma propre enfance.

Lors de mes dernières visites, je suis venue avec ma fille, Carole, neuf ans, pour lui montrer le visage du démon. Car je reste persuadée, aujourd'hui comme hier, qu'on peut mettre un terme à la pédophilie par l'éducation de nos enfants. Je prépare d'ailleurs un ouvrage, en parallèle de celui-ci, intitulé : *La pédophilie expliquée à ma fille*.

J'ajouterai encore que la présence de ma fille a apaisé l'hystérie du malade, et a facilité ma prise de notes ; en présence de Carole, Simon s'enfonçait dans ce qui m'a semblé être un *voile mélancolique* : les muscles des paupières se relâchent, une pellicule lacrymale recouvre l'œil, c'est l'heure de la mélancolie. Je crois que c'est le moment où un flot de tristesse vient lui ronger le cœur, où il souffre vraiment. Une infirmière m'a dit qu'après ma visite et celle de Carole, généralement, il ne dit plus rien et qu'on a l'impression qu'enfin Simon prend un repos, un vrai repos, vous savez, comme le grand repos, le sommeil éternel, mais avec les yeux ouverts, grands ouverts.

Laure Pilon,
Journaliste.
Paris, avril 2002

Achevé d'imprimer
sur Roto-Page
par l'Imprimerie Floch
à Mayenne, le 18 octobre 2002.
Dépôt légal : octobre 2002.
1er dépôt légal : juillet 2002.
Numéro d'imprimeur : 55490.

ISBN 2-07-076665-9 / Imprimé en France.

121361